Fairy Tales

3.

Felice Calvi

UN CASTELLO
NELLA CAMPAGNA ROMANA

LEGGENDA DEL SETTIMO SECOLO

flower-ed

Un castello nella campagna romana. Leggenda del settimo secolo
di Felice Calvi

A cura di Michela Alessandroni

© 2018 flower-ed, Roma

I edizione *Fairy Tales* ottobre 2018
I edizione *ebook* febbraio 2016

ISBN 978-88-97815-65-5

www.flower-ed.it

INTRODUZIONE

Felice Calvi (16 dicembre 1822-24 aprile 1901) fu uno storico, studioso e scrittore italiano. Nacque a Milano in una antica e colta famiglia patrizia di origini genovesi, immersa nei libri e molto attiva nella vita amministrativa del tempo.

Un castello nella campagna romana. Leggenda del settimo secolo è il suo romanzo d'esordio. Pubblicato nel 1852, mostra la forte propensione alla narrativa da parte dell'autore, alla quale diede seguito attraverso la pubblicazione di altri tre romanzi, non più storici bensì ambientati nell'età a lui contemporanea: *Una regina della moda* (1857), *Leonilda* (1860) e *Claudia* (1862).

Il romanzo tratta di una avventurosa storia d'amore ambientata nella Roma del settimo secolo e nella campagna circostante. Un secolo di disordine e di cambiamenti, nell'ambito dei quali ben si inserisce la leggenda narrata. Silvio, un amalfitano fuorilegge, e Graziana, nobile e bellissima fanciulla, ne sono i protagonisti. Insieme a loro, personaggi storici e d'invenzione vivranno vicende rocambolesche, d'amore, d'inganni e di battaglie, in un continuo richiamo ai fatti dell'epoca: quelli in cui i fasti dell'impero avevano ormai ceduto il passo alla confusione delle orde barbariche, il paganesimo era stato sostituito dal cristianesimo, le antiche costruzioni erano in rovina…

Presto dimenticata in favore dei suoi scritti successivi, in particolare quelli incentrati sulla storia e sul patriziato milanese, abbiamo scelto di tirare fuori dagli archivi e riproporre ai lettori la presente opera per aggiungere una nuova tessera all'ampio mosaico delle pubblicazioni del passato purtroppo scordate.

La lingua utilizzata è quella raffinata e desueta dei testi della metà dell'Ottocento, che, in larga parte, il lettore contemporaneo non è più abituato a leggere. Eppure sarebbe opportuno rimodulare le nostre conoscenze e abilità linguistiche su quelle corde, per preservare la bellezza e la ricchezza della nostra lingua.

Michela Alessandroni

UN CASTELLO
NELLA CAMPAGNA ROMANA

LEGGENDA DEL SETTIMO SECOLO

Vieni a veder la tua Roma che piagne.
Dante

PROLOGO

Dove la campagna romana si apre più pittoresca per la solitudine tristamente fantastica e la desolante stranezza del paese, su quel lembo che volge verso il territorio della storica Sabinia, si eleva un monticello isolato da ogni parte, quasi emblema di anima angustiata da cupa misantropia. – Vi torreggiavano sulla cresta le brune ruine di un castellotto, e sebbene in quel dì spiccassero con magico rilievo su un orizzonte puro e diafano, suscitavano sentimenti di malinconia, imperocché la orfanezza di quella altura ti invitasse ad un soggiorno chiuso a tutte le gioie della vita.

Peregrinando per quei siti deserti mi prese vaghezza di mirar da vicino quelle meste reliquie – e mentre poggiavo guardingo per la scabra stradicciuola che mena lassù, andava meco stesso pensando quale sterminato infortunio avesse potuto decidere un figlio dell'uomo a ricoverare in quell'ermo ricetto...

– Oh la bella scena! – parlai non appena tocca la cima, volgendomi al compagno che lietamente m'aveva seguito nella mia spedizione. – Che te ne pare eh? Stamane non dirai che t'ho fatto sgambettare per niente. Osserva, di grazia, que' mirteti, que' torrentacci là basso, quel largo ondeggiamento del terreno, e le arcate degli acquedotti che tagliano la brulla campagna, e gli Appenini che chiudono il vasto panorama...

Intanto il mio camerata, il quale, a dirla in passando, era pittore di paesaggi, sedeva alla buona, e tratteggiava sull'album lo schizzo della veduta. Allora io, a schivar la mattana, mi posi a considerare con attenzione lo sfasciato monumento che avevo innanzi agli occhi. Stavano ancor ritti un torrazzo a grandi pietre e un arco di porta improntati dell'austero tipo architettonico del basso impero: aggiungi qualche muraglia informe e rottami disseminati qua e là fra i bronchi ed i ginepri, e il quadro è compiuto: del resto chi avesse voluto cercarvi classiche magnificenze bisognava si affidasse alle memorie ancor vive del passato o alla propria potenza inventiva.

Non so cosa anch'io sarei andato romanzeggiando, ma certo avrei sognato atrii grandiosi, ponti levatoi e saracinesche, pennoncelli svolazzanti dalla sommità delle torri; mi sarebbe parso di udire il tintinnio delle armi e le grida di guerrieri coperti di ferro, la canzone del trovatore e de' menestrelli, i sospiri di donne belle, e così via, se alla barba de' miei grilli non giungeva a scuotermi la rauca voce di un cotale che mi interrogava con un:

– Signore, potrei servirla in qualche cosa?

Levai lo sguardo e vidi un vecchione dalla fronte grinza, dalle occhiaie affossate, magro come la fame e venerando non meno delle ruine di cui era misterioso guardiano, insomma vero modello a dipingere un mago Atlante. Egli mi raccontò che da giovine, audace cavalcatore, inseguiva le mandre dei buffali alla campagna, ma che da circa un quarto di secolo erasi ridotto a condurre il gregge a pascolare la gramigna su per la china del monte; – ogni giorno replicava lo stesso monotono ufficio e tuttavia amava la vita più di tanti!...

L'aria triste con cui favellava aveva attizzato la mia curiosità, sì che d'uno in altro discorso venni a domandargli se nulla avesse a dire sul conto di quel suo castelluccio.

– Di certo, – mi rispose com'uomo ch'altro non s'aspettasse – una storia curiosissima che il nonno, pace all'anima sua, ripeteva a me bimbo mentre mi teneva ancora fra le ginocchia e carezzavami le gote. L'ho narrata una volta, venti anni or sono, ad un messere che veniva ben di lontano, l'ultima eccellenza che sia montata quassù, e n'è rimasto colpito tanto che scarabocchiò tutta la leggenda sopra un cartolare.

– Contatela anche a me, ve ne saprò grado.

– Via, si sente davvero la santa pazienza di darmi ascolto per mezz'ora? Ché se mi metto a infilzar chiacchere ne ho di belle.

Il pecoraio allora sciorinava una storia vezzosamente paurosa; e la disse con una inflessione di voce tanto affettiva da produrre in me tutto il suo effetto. Quand'ebbe finito, quasi a convalidare colle prove la verità del proprio racconto mi guidava in un angolo latente dell'edifizio, e spazzando colle mani l'ellera ed il muschio che ingombravano la parete diroccata, poté mostrare una pietra su cui si leggeva scolpito a chiare lettere *Theobaldus*.

Volse da quel giorno in poi qualche anno: in uno di quei momenti in cui vien manco quella fiducia spensierata della prima età e si comincia a presentire le amarezze che

13

dirottamente sconturbano questo nostro sfrondato pellegrinaggio, mi capitò sott'occhio la leggenda di cui aveva tenuto nota: la trovai armonizzante collo sconforto che aveva nel fondo del cuore, nel tempo stesso che la memoria di quel gaio mattino mi tornava cara come fosse il sorriso di non obliata amante. Che feci? Mi sono provato a raffazzonarla; allora mi parve, o mi ingannai a partito, d'averla resa leggibile, se non altro per chi facciasi a investigare quelle ruine, e non trovi più l'eloquente vegliardo a ripetergliene la tradizione remota.

I.

L'antico tempio delle Muse

Varcate i secoli lontani e gittatevi colla mente nelle prime fasi del medio evo...

Chi mai potrebbe sprofondarsi nelle tenebre del settimo secolo e ritrarre com'era allora la derelitta campagna in mezzo alla quale Roma signoreggiava a guisa di piramide nelle sabbie dei deserti?

Lande fra cui l'occhio umano si smarrisce compreso da un senso non so se di dolore o di sbigottimento; pendici quando aspre, quando di lento declivio, or nude, ora incoronate da ispidi roveti. Nei bassi fondi e giù nei valloncelli, stagni, acquitrini che impaludando sozzamente infestano l'aria con malsane esalazioni. Rade volte a cavaliere dei poggi castelli signoreschi, nei quali patrizii pusillanimi, eppur figli d'eroi, scampati dalla furia longobarda, nascondono tremanti la propria vergogna; boschi testé sacri a pagane divinità, sparse ruine gigantesche di monumenti, di ville, di templi, di aquedotti. Che più? Crollano peranco que' mausolei dedicati alle ceneri d'un sol uomo o al più d'una famiglia; mute e solinghe stendonsi quelle vie famose per le quali i dominatori del mondo scendevano colle trionfatrici legioni a soggiogare i popoli della terra.

Non ombra di vita; ma più presto uno squallore increscioso, un silenzio di morte, una cupa tristezza che ti stringe il cuore. Dove prima i cittadini di Roma sfoggiavano i tesori emunti dalle lontane e grasse provincie, dove echeggiava quasi ancora la invereconda galloria dei saturnali, scorazzano alla scapestrata cinghiali e buffali inferociti, né altra voce risuona se non è il luttuoso lamento dei gufi popolanti i diroccati edifizi, o le imprecazioni dello scorridore errabondo in caccia di rapina. Ahimè, l'uomo compreso da ribrezzo aveva abbandonato il paese sul quale Iddio gravò la mano onnipotente: ma io non so colorarti al vero quel quadro di desolazione; se fossi da tanto ti caccerei nell'anima tale un senso di mesto sgomento da non fuggirtene sì tosto la ricordanza.

Correva l'estate del seicento e dieci dell'era volgare; a stento umana creatura poteva respirare in quell'aria greve, ardente, dove non fiato di orezzo ne mitigava la vampa; e pure un drappello di scherani montati sovra altrettante cavalcature battevano la campagna. La ruvida foggia dell'armadura e il colore uniforme della tunica li palesava a prima giunta per gente venduta: uno solo si distingue dagli altri, perciocché la chioma folta raccolta in nodi dietro le orecchie e i lunghi mustacchi a differenza dei Romani che andavano rasi, lo svelano goto[1]; mentre un'aria di testa come di persona prepotente e l'acconciatura del paludamento ricco e voluminoso in cui avvolge atletiche membra lo dava a conoscere pel capo della gualdana.

La quale camminava taciturna da guari tempo senza trovare vestigia di anima vivente; e fu lieta quando dopo una

---

[1] Giova notare che l'imperatore Foca ripristinò il costume di lasciarsi crescere la barba siccome usavano gli Augusti anteriori a Costantino. Questa innovazione avrà probabilmente avuto imitatori in Italia, nella stessa guisa che per l'addietro i re goti imitavano gli imperatori col radersi.

buona tirata si imbatté in un avanzo di edificio ridotto a casolare coll'avervi grossamente sovrapposta una tettoia formata da tronchi d'alberi connessi e ricoperti di lastre.

– Alla buon'ora, qui ci deve essere qualche cristiano! – sclamò pel primo Genserico (tal era il nome del Goto) fermando il cavallo lorché vi fu dirimpetto. – Vivadio! Fatevi innanzi se non volete che vi cacciamo fuori a piattonate.

Una vecchia, la quale stava in quel tugurio appiattata, uscì e si presentò ai viaggiatori.

– Magnifico signore – borbottò la poveraccia intimidita dal modo con cui veniva garrita – in cosa posso ubbidirvi?

– Innanzi tratto di' presto e di' la verità: non hai uomini teco?

– Sicuro, magnifico signore, ne ho due. Oh se vedeste il mio bel Crispo che pezzo di giovinotto!

– Ti replico, lascia le baie.

– O magnifico signore, dunque, come diceva, il mio Crispo gli è forse più grande di vostra signoria e...

– Via, spicciati, non hai altri?

– Dite bene, magnifico signore, m'ho anche il mio vecchio marito, il fedele Tito.

– Dove son essi, pel tuo malanno?

– Al bosco a far legna, magnifico signore.

– Per chi lavorano?

– O bella, pel nostro padrone, magnifico signore.

– E chi è questo tuo padrone?

– Un gran conte, magnifico signore, il quale ha qui presso il suo castello. Oh se vedeste il castello di Teobaldo!

– Teobaldo, hai detto, Teobaldo...? – interruppe Genserico mal celando la sorpresa e la gioia di chi, quando men se lo pensi, trovi il negozio di cui andava in cerca, persuaso di doverti consumare del tempo assai a rintracciarlo.

– Sicuro, Teobaldo, magnifico signore, e chi non lo conosce il mio padrone?

– Dov'è il bosco di cui parlavi?

– Laggiù, magnifico signore – rispose la vecchia stendendo un braccio scarno per additare un punto nero; – laggiù, quel macchione a stanca.

– Ci andremo noi. – E senza più tirò via col resto della cavalcata, piantando lì goffa goffa la vecchia nel momento in cui aveva incominciato a pigliar gusto in quel dialogo.

Tito, col figlio Crispo, stavano tagliando uno smisurato faggio rigoglioso per fronzuti rami: mentre l'uno calava con quanta forza aveva in corpo l'accetta, l'altro l'alzava colle due mani sopra il capo e si preparava a scaricarla addosso all'enorme tronco già in più parti squarciato. Fra l'alterna fatica non tralasciavano di discorrerla.

– Dunque – diceva Tito al figlio – vi furono cose di orrore a Roma la settimana scorsa?

– Un nugolo di gente; piena zeppa la piazza dell'antico foro, e in mezzo a quella folla una catasta di legna. Sovra un palco tuttoquanto addobbato sedevano il prefetto imperiale e il maestro delle milizie coi vescovi, e con una caterva di prelati, diaconi, duchi, baroni, senatori, decurioni, visconti e tanti altri illustrissimi eh'era proprio meraviglia a rimirarli. La plebe intanto, ih che paura! dava su la voce e voleva a marcia forza vi fosse trascinato il sacrilego (per me credo fosse uno stregone), il quale doveva esser bruciato vivo. Vi dico, babbo, ch'io tremavo come una cannuccia del padule quando fischia il vento. Se aveste sentite le minacce del popolazzo!

– E come l'andò a finire?

– L'andò a finire benone pel maladetto. Il cielo già nuvolo si fa buio buio, poi tuoni e fulmini a bizzeffe, ch'egli pareva quando noi si dice che ombra di Nerone va nel

Coliseo a duellare con Belzebù; di lì a poco giù un acquazzone, allora ebber di grazia a darla a gambe.

– E quello del supplizio?

– Se n'è cavato.

– Si rinnoverà la brutta scena?

– Che? No certo; a quella nespola la marmaglia, urtandosi per ripararsi dalla piova, gridava a quanto aveva in canna: – Gli è innocente, Iddio lo ha detto, Iddio lo ha detto, e così sia.

A sturbare il ragionamento sopraggiunse uno stormire di foglie e un fruscio di cavalli che venivano in ver loro.

– Chi mai di quest'ora? – interruppe Tito fermando in aria l'accetta e tendendo le orecchie.

– Saranno i servi di Teobaldo che vanno alla caccia.

– Diamine, così tardi?

Intanto comparve dietro le frasche di un cespuglio la masnada condotta da Genserico. Questi appena veduti da discosto i due taglialegna si mise a gridar loro:

– Ohe, cialtroni, venite qua da noi.

Tito e Crispo alla chiamata borbottarono fra i denti parole di dispetto, ma ubbidirono senza por tempo in mezzo, avvezzi come erano a non dar noia a cui portasse al fianco una brava scimitarra.

– In che posso servirvi? – parlò Tito.

– Ci bisogna di voi – prese a dire Genserico; – sì, voi avete una casuccia, ed io vorrei tanto spazio quanto basti per alloggiare noi tutti e per assettarvi questi poveri animali.

– Domine, aiutaci! Mio bel signore, io m'ho un tugurio sì angusto da non capire un quarto della vostra brigata.

– Un diavolo vi porti, saprò io accomodarvcli tutti quanti. – E com'era suo costume contrasse i muscoli della faccia ad una specie di sogghigno la cui espressione satanica significava il cruccio e l'invidia di colui che dalla infanzia venne frustrato nella immoderata cupidigia di ambiziose mire, idolo della propria esistenza.

– Santi apostoli! – saltò su Crispo, – Non ti ricordi, babbo, del tempio delle Muse, dove la notte carolano le ombre dei morti? È lontano manco di mille passi, e là dentro si potranno acconciare da senatori. – Poi rivolgendosi rispettosamente al Goto: – Se così vi piaccia, vi scorgerò io stesso.

– Non ci farai perdere del tempo, ragazzaccio? N'andrebbe la vita, che non son uso essere pigliato a gabbo io.

– Dio me ne guardi, mio bel signore – ripigliò Tito; – seguite pure il figliuol mio, e se non ne sarete pago, battetelo, ve ne do licenza.

Crispo s'avviò colla gualdana al vetusto tempio delle Muse. Fattisi nel bosco, riuscirono ad un pratello cui faceva silvestre ghirlanda ed amena una moltitudine di pini; nel mezzo sorgeva il delubro dedicato alle dee del Parnaso e d'Elicona. Il peristero, perfettamente conservato, è sorretto da svelte colonne di marmo bianco a scannellature conterminate da capitelli corinzii di finissimo lavoro. L'interno, quantunque in parte rovini, può ricordare le armoniche proporzioni e la venustà attica dell'antica struttura e, ciò che val meglio, mette al coperto persone in buon dato. La salubrità del luogo e l'ampiezza del tempietto accontentarono soprammodo Genserico, cosicché rivoltosi alla sua guida:

– In fede mia ti ringrazio, o giovinello; tu m'hai condotto in tal delizia da andarne contento un imperadore. – E cavate fuori alcune monete, gliene gettava ai piedi.

– O mio signore, quel che ho fatto non merita tanto.

– Piglia su senza complimenti, traforello che sei; piuttosto torna indietro e di' al babbo, questo essere un nonnulla in paragone di ciò che si beccherà qualora voglia... basta, si lasci vedere.

La frescura dell'ombroso pineto tornò gradita ai viaggiatori, i quali stanchi dal lungo cavalcare e oppressi dall'afaccia balzarono da sella, e riposatisi alquanto, ammanirono un desinare da cristiani e si misero a mangiare saporitissimamente.

A sera giunsero Tito e Crispo; una fiaccola piantata nel mezzo stenebrava con luce sanguigna le aduste faccie di quei mascalzoni: quali all'ingiro sdraioni sul pavimento, quali accosciati su informi sgabelli smaltivano il pasto, e frattanto la passavano cianciando, giuocando, facendo baccano, sicché egli era un ghiribizzoso cicaleccio fra cui suonava lo stridulo accento barbarico. Genserico allorquando vide entrare i due boscaiuoli, i quali convenivano allo invito di lui, li chiamò in disparte e cominciò a parlottar secoloro, ma così sommesso, che non ci è possibile di rubare il significato di quelle segrete parole.

Intanto la gente d'arme gracchiava presso a poco di questa maniera:

– Ho vinto la posta – vociava al decrepito competitore, nel raccogliere i dadi, un garzonastro sul cui volto lo stravizzo aveva già impresso livide rughe.

– Oh! Oh! Tristanzuolo, che furia: se avessi vinto cinquanta duelli non potresti menarne più grosso scalpore.

– Ci siamo colle tue novellozze!

– Per bacco – entrava a dire un terzo, – le sappiamo a menadito, vecchio ammazzasette.

– Eroe degli anfiteatri e dei sudarii; drudo delle matrone romane che ti volevano sessant'anni fa nei loro reconditi gabinetti dopo che avevanti ammirato combattere nudo nel circo.

– Ma addesso tieni l'anima coi denti e sei ridotto a servire come un poltrone.

– Buon per te, finché ti rimane tanto di fiato da schiccherarci le tue prodezze, intanto che noi pacchiamo e trinchiamo.

L'antico gladiatore, il quale sebbene carico di anni, mostrava ancora vigoria di corpo, si levò dritto sulla persona e spalancando gli occhi in cui balenava un fuoco che rammentava più fervidi tempi, sclamò:

– Tacete là, o marrani; non le sapete tutte le mie gesta, no, per Giove capitolino, sentite questa che vale un mondo.

– Udiamola, udiamola, ser saccente; patto che non ce ne sballerai più d'ora in avanti.

– Via, scoltatemi. L'anfiteatro Flavio brulicava di spettatori; ma voi altri smorfiosi fanciulli non potete formarvi un concetto della gente che vi si affollava in quelle grandi circostanze; benedetti quegli anni, perdiana, settantamila persone senza contare le dignità, e n'avevano i re d'allora, sapete…

– Settantamila eh? E a cui non vuole inghiottirsela si rincari il fitto.

– Allora il mondo l'andava d'altro passo e un povero gladiatorello poteva ancora camminare a fronte alta. Onore ai mani di Teodorico il Flavio rinnovatore dei giuochi circensi e d'ogni magnificente costume!

– E così? – s'udì bisbigliare da qualcuno impazientito.

Ma il vecchio ripigliò il filo e il costui racconto venne ascoltato con religioso silenzio.

– E così tutti gli sguardi erano verso il carcere d'onde doveva balzare un pardo; poiché per amore del vero, il pardo ed io eravamo i re della festa, eletti al trastullo del glorioso popolo romano. Io era disceso il primo nell'agone, quand'ecco il mio rivale venir fuori saltellante, vivo come un pesce, con certi denti, con certe griffe... mi ricordo come fosse addesso: si spinse fin nel centro dell'arena e là ristette alzando il grifo; ma indovinate un po'? Invece di muovere all'assalto rimase come ammaliato. Oh che caso strano! Allora le turbe frementi per l'inaspettato indugio tumultuarono, e n'avevano d'onde, giacché quella birba di gladiatore non voleva saperne una maledetta di farsi sbranare dalla bestia pel loro diletto. Se gli uomini od il pardo fossero più sitibondi di sangue pensatelo voi che avete fior di senno. Alla fin delle fini crescendo il susurro, uno di quei gran bacalari seduto giudice dei giuochi, ammiccò ad un branco di guardie, il quale al cenno mi prende in mezzo e mi stuzzica assai duramente colla punta delle picche per farmi capire di affrontare le carezze della belva. Voi che avreste fallo? (Girò uno sguardo sugli uditori, ma nessuno parlò, ond'egli riprese) Io mi morsi le labbra e perdei il lume della ragione; imbestialito più che mai, mi getto addosso ad uno di quei manigoldi, gli strappo l'asta dalle mani e meno giù una tempesta di busse che il ciel vi scampi; indi mi bullo boccone per terra a schivare la furia del pardo, il quale allora appunto ridestatosi mi si sferrava contro. La fiera scornata raspando colle zampe spargeva la rena al vento e soffiava terribilmente dalle nari dilatate; intanto la scioperata moltitudine si sollazzava a schiamazzare a dirotto come si trattasse di un giuoco mal riuscito. Genia senza viscere d'umanità! Ma stavano freschi; facendo conto che e' cantassero, non mi smarrii, che anzi fidando nella mia forza da Ercole raddoppiata dalla stizza colgo il destro, stringo colle due mani il collo della fiera, la levo di peso come sia un gatto, mi avvicino all'un capo della lizza e la scaravento con un ultimo sforzo al di là del podio, laddove il gentame idrofobo del mio sangue era più fitto. Sogghignai nel vedere la bestiaccia a scuotersi le membra, a correre urlando per l'anfiteatro, empirlo di spavento e di morte – nel vedere quell'esercito di teste sommuoversi tempestose come fanno le onde del mare. Fu atroce la scena che seguì: ancora mi raccapriccia le notti co' suoi fantasmi. Il glorioso popolo di Roma fuggiva scompigliatamente ruzzolando dalle gradinate e dagli scaglioni; i più robusti facevansi largo col pugno armato dello stilo calpestando chi si frapponeva, i più fiacchi invocavano ad altissime voci il nome degli dei...

Senonché un grido unanime interrompe il bizzarro racconto, un grido strappato dal repente comparire di un novello personaggio che inoltrava a gran passi. Una femmina nero vestita, incurvata nella sua grandezza, di portamento sicuro e sprezzante più che al debole sesso non sia dato: era la strega Lucrezia.

Chi fosse la strega Lucrezia niuno lo sapeva. Tito si rammentava che un giorno molti e molti anni addietro era capitata in quelle parti traendo dolorosi guai come colei cui sia accaduto la peggior disgrazia del mondo: ansante e scarmigliata e tutta lacera, invano i più caritatevoli del vicinato mossi a compassione del deplorabile stato della donna avevano cercato di acquetarla e di indagare qual fosse il motivo di sì straziante disperazione; ma, non tardarono ad accorgersi il cervello di lei essere non poco sconvolto. Tornate vane le prime cure, la sventurata dopo avere assai pazzamente vagato quasi andasse in cerca di chicchessia ch'avesse smarrito, sempre piangendo e gridando, erasi da ultimo accovacciata in un antro il più lurido che mai. Quivi la povera demente traeva miserabilmente la vita talora da folle, talora da tribolata. La si vedeva le lunghe giornate genuflessa nel folto della selva, o sul ciglione del colle ritta in piè guardare un punto discosto, quasi aspettante un suo caro, e poi stanca dall'inutile attendere, sgannata, coll'angoscia nel cuore sclamare: Non torna più.

Nondimeno ciò che faceva stupire più assai gli era che nullo l'aveva mai veduta mangiare, né sapevano di che si pascesse se non erano le erbe e le radici cui le forniva il terreno; perlocché si coniavano sul fatto di lei le più strampalate novelle. Chi la faceva una donna inspirata dal cielo, chi invece bucinava la fosse una ossessa, una mala femmina stretta col demonio in abbominevoli patti. Quanto n'andassero lontani dal vero lo avrebbe tosto giudicato anche il men saputo omiciattolo del nostro tempo; ma allora non correva il secolo dei lumi, e quella infelice veniva considerata come un ente soprannaturale; a qual dei due appartenesse, se al cielo o allo inferno, qui stava il problema.

Ma qual uomo mai fra quella contrada disabitata, fra le miserie di quegli anni, doveva curarsi nonché sapere dei patimenti di una donna? Nessuno. Dopo alcuni mesi la era stata affatto dimenticata, e solo qualche rara volta la moglie di Tito scontrandola a caso sforzavasi di farle intendere le sue parole. E qui bisogna confessare che tanto questa, quanto il marito ed il figliuolo, i quali non avrebbero tremato nell'affrontare la rabbia di un buffalo, non si sentivano il cuore di tener fermo innanzi alla figura sepolcrale della vecchia Lucrezia ed agli scongiuri cui faceva risuonare quel deserto quando scorgesse altri viventi.

Tal era la misteriosa persona che si faceva al cospetto del goto Genserico.

L'apparire di quella donna sospese il racconto del vegliardo senza ridestare il solito cicalio nella comitiva: gli occhi di tutti quanti si rivolsero per quella parte ov'era entrata e si fissarono pieni di maraviglia su di essa: un senso di inquietudine si dipinse sulle fisonomie cagnesche di quei fieri. La vista di tante persone ignote alla prima giunta avevano turbato la vecchia; ma tantosto riavendosi e ripigliando quel suo fare da pitonessa, d'una voce e d'un gesto solenni quasi le sorgessero in mente antiche reminiscenze, si volse impetuosamente verso Genserico pronunciando in tuono minaccioso e profetico ad un tempo:

– Sarebbe egli vero? Tanti anni tapinai per la foresta come persona matta, ma quel truce tuo grugno non mi apparve mai. Ora la scena si rischiara e mi sembra vederli in carne ed ossa; ora finalmente potrò chiederti ragione del fatto mio, o uomo intriso di sangue. Non vedi? Io sono seduta sul fulgido trono dei Cesari; rispondi, se non vuoi che io co' miei ululati ne chiegga al cielo vendetta. Mostro, dove me la rapisti, dove trascinasti quell'angiolo, dimmelo, dimmelo...

La commozione intensa con cui aveva strillate queste parole le tolsero di poter proseguire, onde si tacque per pochi momenti; poi tutto ad un tratto spianando la fronte allungò il destro braccio e coll'indice teso inesorabilmente verso il Goto, avrebbe continuato ad arringarlo, se egli stesso imbevuto com'era delle ubbie proprie anche dei più ribaldi, adombratosi di quella diceria non si fosse levato per ritirarsi, dicendo fra gli sghignazzi sotto cui nascondeva la stizza e il maltalento.

– Va nella malora, fattucchiera sciammanata. M'ho altro pel capo che darti retta! – e volgeva le spalle.

Allora la donna non ne volse più; rizzatasi sulla persona, dando uno strido che intronò le orecchie dei più vicini, quasi ad un tratto si fosse accertata di ciò che sospettava, spiccossi con incredibile celerità, e prima che alcuno si fosse accorto raggiunse Genserico colle braccia convulse, l'afferrò pe' capegli con tal veemenza che esso non poté star sulle gambe e stramazzò rovescione per terra. La viragine inviperita, colle dita irte di unghie lo aveva aggrancito di maledetta forza; ma tutto ciò fu l'opera di un minuto, che prestamente gli astanti furono in soccorso dell'abbattuto, e v'assicuro io, la non fu cosa sì presto fatta lo arrapparlo dalle branche di quella forsennata.

La femmina quando si vide accerchiata dibattendo si aprì una via, e mentre i più erano intenti a rialzare Genserico, il quale alquanto malconcio scuoteva la polvere dagli abiti, die' un guizzo e scantonò per la selva che neanche il vento.

Questo episodio aveva un tal poco sconcertato il Goto; nonostante, stimando opportuno di fingere, lo tolse come uno scherzo, quasi si trattasse di una spiritosa avventura, e si sforzando sogghignare diceva: – Ci sarebbe proprio da crepar dalle risa se ne avessimo il ticchio.

Però gli balenava in mente un'idea, una riminiscenza; credette riconoscere quella figura; quei tratti esagerati ma pieni di una espressione profonda, da cui traspariva l'impronta di una antica bellezza sbattuta dai patimenti, richiamavangli alla memoria una donna da lunghi anni non veduta e pur viva nella sua mente; si diede a rimuginare nei fasti molteplici della vita, dove mai si fosse scontrato con quella creatura, e come l'avesse offesa, che per certo l'aveva offesa di orribile maniera.

II.

Il castello di Teobaldo

Poggiamo sul cucuzzolo dei monti. – Quanto gode l'uomo nel dominare da colassù, come l'aquila dall'aria che fende, l'ampia regione – le balze minori al disotto, i fiumi biancicanti e le selve, i laghi quasi specchi lucenti sparsi pei piani, la linea dello estremo orizzonte dispiegata ad anfiteatro intorno di noi, combaciarsi colla terra. – Anch'io mi sono inerpicato ansante per ermi greppi, sul culmine delle rupi, ho veduto aprirsi i burroni sotto i miei piedi in molto spaventosa maniera; i torrenti rompere spumeggiando fra i macigni con orrido scroscio – anch'io da quelle vette confinanti colle nubi del cielo, quando in quel silenzio lunghissimamente misterioso, neppur l'eco ha ripetuto il mio lamento, credetti per un istante di sorvolare libero sulle fiacchezze terrene: allora mi detti a cacciar grida di sfrenato tripudio; ma la voce mi morì sulle labbra e un pensiero arcanamente severo mi costrinse a meditare. La mia mente appena valse a sostenere imperturbato la solitudine e gli slanci della natura.

E se voi, girando di là gli sguardi per gli spazii incirconscritti, l'anima non vi si ritrae sgominata per fremito impercettibile, non siete nati a comprendere il linguaggio del creato e a respirare il soffio armonioso delle aure sue.

Il castello di Teobaldo conte è posto a ridosso di una discoscesa montagnuola e romita, d'onde si mira la lunga pianura sottoposta, più in là i colli ondeggianti e le rincorrentisi montagne, per modo che la vista, liberamente spaziando lontano lontano, si spinge fin sugli ultimi gioghi dell'appenino.

Un pellegrino rifinito dalla fatica protendeva gli occhi verso il turrito palazzo anelante di raggiugnerlo; il magro ronzino che cavalcava non poteva più reggersi sulle gambe. Guadagnata l'erta e la porta del castello, dalla quale spenzolavano a mo' di trofei carcami di sparvieri, di cinghiali uccisi a caccia, abbrancò una pietra e si diede a picchiare con quanta lena aveva in corpo: tan, tan, tan... nessuno risponde: tan, tan, tan...

– Chi viene a sturbare la pace alla famiglia di Teobaldo conte?

– Abbiate pietà di me, chiunque voi siate; abbiate pietà del misero pellegrino, nel nome del Signore.

E la stessa voce di prima da una feritoia:

– Sei tu un misero pellegrino? Attendi.

– Deh in carità, ripiglia il santerello, ricoveratemi nel vostro bel palagio, reciterò le orazioni ai vostri poveri morti.

– E già si metteva a borbottar preci.

Pochi istanti dopo schiudevansi i battenti della porta, e il pellegrino veniva ospitalmente raccolto.

Due donne abbigliate con rara eleganza, appoggiantisi allo spaldo di un aereo ballatoio del castello, contemplavano la morta campagna che si discolorava al sopraggiungere della sera. Sono madre e figlia: la vergine Graziana vince in leggiadria le romane fanciulle; esimia le forme della persona, ha il profilo del volto di greca avvenenza e nereggianti le sopracciglia, – gli occhi nella pallida fronte avevano lo

29

scintillar tremolante delle stelle, e fissando nel suo sguardo credevi di penetrarle profondamente nel segreto dell'anima; sulle labbra balena frequenti un sorriso non meno modesto che passionato; così il Domenichino pingeva la fatidica sibilla dal cui sembiante spira un raggio di sovrumana beltà.

Intanto il sole scompariva dietro le falde dei monti, le cui cime azzurrognole disegnavansi taglienti e ineguali sul cielo – strisce come di fuoco ne imporporano l'ultimo lembo; più in su rosseggia pallidamente, poi sfuma in un ranciato lucido, vaporoso, languente poco a poco e muore nelle ombre della notte, le quali danno risalto al poetico e mesto splendore di quel tramonto.

L'attempato gastaldo penetrò nel salotto che dava sul verone, e fattosi innanzi alle signore narrò che un pellegrino aveva cercato asilo nel nome di Dio, al quale, esso interprete della carità della castellana, aveva schiusi i battenti del palazzo.

– Viene forse da Roma? – interrogò la Graziana, serenando ad un tratto la fisonomia travagliata visibilmente per dolorosi pensieri.

– Gentil donzella, non è così; ha lasciato Benevento, son pochi giorni: ei dice d'aver visitate le rovine di Monte Casino e il convento di san Vincenzo.

La fanciulla aggrottò le sopracciglia e tacque sospirando.

– Ad ogni modo, aggiungeva la pia madre, fate venga lui apprestata la cena e apparecchiato un letto, ché la settimana ventura il mio Teobaldo, tornando dalla sua gita in Maremma, me ne chiederà stretto conto.

– Madonna, sarà fatto.

Il pellegrino tosto condotto nella camera a lui assegnata augurò la buona notte al gastaldo che l'aveva accompagnato, ne serrò accuratamente la porta, si tolse dagli omeri l'umile sarrocchino, depose il bordone e il cappellaccio da Romeo, e comparve tutt'altro che un curvo graffiasanti: faccia rubizza, occhi furbi e irrequieti, torace erculeo, non d'uomo logorato nel limosinare divotamente dall'uno all'altro santuario; anzi i miei lettori l'hanno già riconosciuto pel goto Genserico.

Primo suo pensiero fu di chiarirsi ove mettesse la finestrella della camera; rispondeva sull'aperta campagna. – Il diavolo mi assiste, mormorò tra i denti; e poiché l'ora era tarda e l'aria nera nera, si sporse quanto più poté dal pertugio e si mise a sibillare pianamente finché venne lui risposto; di lì a poco udivasi lo scalpiccio di molte persone, poi una voce pronunciare sommesso:

– Quinto Gordiano.

– Viva – rispose Genserico.

– Tutti amici.

E il finto pellegrino brandendo nella destra un pugnale prese colla manca una lanterna ed uscì.

– Come farò a trovare il pollaio dove sta acquattato quel balordo, – pensava tra sé aggirandosi per gli andirivieni del palazzo e rifrustando bel bello affine di trovare la stanza del gastaldo. – Mi ha detto a pian terreno, mano destra, dunque più basso; la dev'essere questa. – Infatti si trovò in faccia un uscio corrispondente agli indizii avuti; spinse il battitoio, che cedette all'urto della sua mano, entrò in punta di piedi, rinchiuse dietro di sé l'uscio e andò difilato dove era il letto della sua vittima; la scosse con violenza, ed alzandole sul capo il pugnale le intimò all'orecchio:

– Se parli sei morto.

Il vecchio maggiordomo dormiva della grossa e sognava ben altre fortune di quelle che erano lì per capitargli alle spalle; vi lascio dunque pensare come penasse il poverino a destarsi da' suoi beati sonni; aprì gli occhi come trasognato, dando la mala pasqua all'importuno che lo distornava in sul più buono da quel dolce riposo.

– Ehi, ehi, signor maestro – ripigliò l'altro serrandogli un braccio con tale tenerezza che il paziente scuotendosi tutto ad un tratto e sbarrando gli occhi si vide scintillare a fior di pelle la tersa lama del pugnaletto. Vi so dir io, fu per ismarrire dallo spavento; anzi aveva sgangherato la bocca ad un grido di accorruomo; ma il Goto fu lesto a ricacciarglielo in gola, e lo fece in maniera sì energica da fargli sputar la voglia di metterne un secondo.

– Alle corte, – replicò allora il finto pellegrino, – o apritemi all'istante la porta del castello, o vi freddo in men che noi dica.

Il pover'uomo capì non esservi da sottilizzare, né infatti tentennò a prendere il proprio partito; il pensiero che ne sarebbe andato di mezzo la vita si affacciò sì potente alla scombuiata fantasia da conquistarlo solennemente, epperò brontolando:

– Obbligatissimo a tanta bontà, pellegrino riverito; ma dite, è questo il vespero che siete avvezzo a cantare? – Levossi, prese le chiavi, al cui tintinnio rabbrividì, come chi levi il più gran tesoro che s'abbia, e rivolgendosi all'altro con una cera tutta abbonita e un certo suo risolino, con cui credeva di ammansare quel risoluto:

– Ecco qua, santo pellegrino; ma via spiegatemi l'affare, se fosse di lasciarvi svignare voi solo pazienza, buon padrone, ma...

Non ottenne lo scopo, perché Genserico saltato in bestia lo ammonì.

– Taci là, vecchio rimbarbogito. – E a torre lui da senno ogni ombra di baldanza gli appoggiava una ceffata tanto badiale che per poco non gli cavò netto netto i trentadue denti dalla bocca.

Il poveretto, veduta la mala parata, non trasse un gemito e dignitosamente si rassegnò alle soperchierie del suo oppressore, come Giulio Cesare allorché scorse fra i congiurati il figlio Bruto.

Non è prezzo dell'opera narrarvi per minuto come fosse condotta a fine la trama; dovevasi rapire la avvenente Graziana; onde tornò facile a Genserico, coll'aiuto del gastaldo, introdurre altra gente nella tradita rocca, penetrare nella camera della fanciulla e trafugarla senza clamori. Capisco anch'io la bisogna doveva essere più molto difficile di quello non paia; però la leggenda è proprio così, e se volete saperne a iosa andate da quel buon mandriano che l'ha contata a me a farvela spiegare.

In poco d'ora rinchiusa che fu in una lettiga con una sua ancella che le fu concesso di condurre seco, e scortata da una dozzina d'uomini d'arme, era già discosta un trar d'arco dal paterno castello.

Quali erano le angoscie di Graziana nel vedersi strappata dalle braccia della madre? La mia tavolozza non ha colori che valgano a pennelleggiarle al vivo; ma nell'accento del sito terrore v'era un suono, una vibrazione penetrante, lamentosa, eterea, quale neppure ebbero giammai le note artifiziatamente disasperate che uscivano profonde dal petto della *regina del canto* quando dalle attonite scene dell'Europa, tentava ripetere il grido di Romeo delirante sulla tomba di Giulietta. – Io quel grido intesi fanciullo e ancora mi geme nell'anima con tormentoso sussulto; lo rammento insieme ai canti che turbarono i sonni negli anni della mia adolescenza, – perché il canto sulle labbra di donna ha talvolta un senso di mestizia che lascia per lunga ora un'onda di armonia più che terrena.

Era stata rinchiusa, come accennammo, in una lettiga in compagnia di una ancella a lei destinata servente.

Pensava la sventurata: che ho io fatto per meritarmi tanta sciagura? Oh santa Maria! Non abbandonate la povera fanciulla; la povera fanciulla che di primavera coglieva i più vaghi fioretti del prato fra le stille della rugiada per offrirli innanzi alla vostra dolcissima immagine.

Intanto gli oscuri eventi ai quali andava incontro le si presentavano sì terribili, così pieni di spavento che ne pianse sconsolatamente. Senonché a rincorarla parlava spesso la sua compagna con vivace soavità da risuscitarle quel suo quasi disdegnoso coraggio cui n'andava talvolta superba; poi sorge nel cuore eli lei un altro pensiero oltre quello del padre e della madre, un'altra cura più assidua, più insistente e più riposta, fonte di rosee speranze. E senza quasi avvedersene cerca quel pensiero, l'accarezza; allora frenando le lagrime sorridea pensosa, e il suo sorriso era bello al pari di un raggio mattutino di sole sulla viola mammola irrorata da pioggia recente.

Giunto il convoglio ad una fratta si inselvò per ispinoso viottolo.

– Eccoci a buon porto, – susurrò Genserico, – si vede la fiaccola del vecchio Tito.

Inoltratisi pochi passi, raggiunsero la face al cui intenso chiarore si sarebbe potuto distinguere da venti chinee.

La lettiga sostò, e Genserico appressandosi con modi quanto più poté cortesi alla donzella:

– Magnifica Graziana, – parlò, – se degnate approfittarne, un buon palafreno vi attende.

Graziana, cui lo sbigottimento aveva tolto affatto le forze, inorridì a quella voce che ad un tratto la richiamava alla realtà del caso.

– Dove mi trascinate? Chi siete voi, che vi arrogate il diritto di rapire la figlia di Teobaldo dalla propria casa?

– Ve ne supplico, illustre donzella, risparmiate le preghiere e le minacce; noi siamo astretti da ordini cui dobbiamo fatalmente ubbidire. Però, qualora abbiate la degnazione di seguirci, gli è dover mio il rispettare ogni vostro cenno.

La giovinetta scese dalla lettiga, e con una leggerezza che rendeva manifesto lei essere spertissima in quell'esercizio, fu d'un salto a cavallo. Così fecero e l'altra donna, la quale si pose accanto a lei, e gli scherani che si misero attorno.

Il vecchio Tito squassando la torcia onde s'alzava un denso fumo in globi rossastri, si pose a guida della cavalcata. Uscito appena dal bosco fece alto; ma nell'avvicinarsi alle donne, egli, che già in tutto il tempo del tragitto almanaccava chi mai potessero essere, riconobbele, capì a qual sorta di intrigo avesse prestato mano, gli si rimescolò il sangue, e divampando di sdegno lanciossi contro il capo di quei birboni.

– Misleale, e tu osi metter le mani sulla figlia del mio signore.

Qui si udì un trambusto come di due che facciano a pugni accanitamente, e ad un tratto silenzio, poi il gemito di persona che muoia. Ma quel gemito non aveva ancora cessato di scuotere l'aria notturna, che Genserico rivolgendosi allo scaltrito gladiatore, disse secco secco:

– Seguitate pure innanzi; già sapete il dover vostro.

La via da tenersi era troppo bene tracciata perché facesse più a lungo bisogno dell'opera di Genserico; il formidabile avanzo di atleta, prudente e fidatissimo, poteva far le sue veci: d'altronde richiamavanlo in Roma faccende non manco pressanti di questa che lasciava sì bene avviata: epperò, inchinata la damigella, si slungò per differente cammino, mentre la comitiva continuava pel suo viaggio.

Genserico ficcati gli speroni nei fianchi del cavallo lo caccia ad una rovinosa carriera – trasvola a precipizio pei campi; larve sanguinenti l'incalzano da tergo; invano divorando il terreno credeva sfuggire a quel tormento; un ceffo stravolto da mortale ambascia gridavagli minaccioso parole di maledizione, ed egli spronando ferocemente il corsiero galoppava, galoppava; ma il malaugurato fantasma teneva lui dietro colla ostinazione d'un rimorso.

Alla fin fine il cavallo spossato e grondante di sudore e di sangue si fermò piantandosi sulle quattro zampe, e se il cavaliero volle proseguire, fu forza che scavalcasse, e pigliate le redini si conducesse dietro la buona bestia a pian passo.

Era in sul dì – alla luce del giorno Genserico ripigliò l'imperterrita sua franchezza, si ricompose e rimontato il cavallo, prese la via verso un romitorio che scoprì lontanamente, amico rifugio in quell'interminata campagna.

Un fraticello ravvolto in cupa tonaca sedeva in fra le tombe cui andava tristamente gremito il funereo sagrato – le ombre proiettate da un gruppo di cipressi coi vertici bruni e acuminati lo ritoccavano di un certo che di solenne che non si può ridire: ha la testa immota, le braccia incrocicchiate sul petto, sogguardante con tetra fierezza il piano desolato; tanto chiuso nel suo intimo pensiero, neppure s'avvede del cavaliero soffermantesi dinanzi.

– Oh pio eremita, voi pensate ai vostri confratelli che vi hanno preceduto; eh via, lasciate da banda coteste fantasticherie.

– Chi sei tu, verme strisciante sulla terra? Perché osi interrompere il silenzio delle mie meditazioni? – sclamò il romito risentitosi di soprassalto e levandogli in faccia un par d'occhi sfolgoranti di giovanile baldanza.

– Il viandante non ha bisogno di annunciarsi quando arriva alla soglia di un cenobio.

– Amen, ma chi ti ha detto di novellar meco: non mi leggesti in viso ch'io m'ho tutt'altro vezzo?

– Via, non montate sulle furie, pio eremita; dicevo voi essere occupato di cose ben serie.

– Sì, è vero; la devastata solitudine del deserto; lo squallore di queste croci, di questi tumuli sui quali sta scolpito un nome illacrimato, mi dà assai di che pensare. E poi mira, di grazia, quelle vette eccelse sfumanti nell'aria: là stendesi lungo tratto di paese, e ti par esso men lugubre di questo solingo cimitero?

Il romito infervorandosi nel pronunciare queste enfatiche parole, erasi levato da sedere e additava al nuovo arrivato la catena degli appenini, sfondo al gran quadro – una stupenda scena: di quelle che Giuseppe Cannella seppe con verità immaginosa ritrarre sulla tela – e parlano misteriosamente al cuore della gente.

Genserico in questa uscendo di gatta morta, come quegli che si credeva d'assai in paragone di quel romitonzolo, con cert'aria beffarda quasi volesse dire: ti compatisco, sei un povero cristianello, ma ti insegnerò io il dover tuo, accomodava chetamente il cavallo al troncone di una croce, e levatosi il cappuccio in che era imbacuccato disponevasi a far daddovero.

Ma il povero cristianello non appena l'ebbe ravvisato colla testa ignuda, diede in un atto cotale, come di chi sia colto da straordinaria sorpresa: acceso da stemperato furore sfodera un pugnale di sotto alla santa cocolla, si scaglia disperatamente contro Genserico – lo investe, – lo fa andare stramazzone per terra, e premendogli un ginocchio sul petto prorompe:

– Ti ho agguantato, ariano infame! – Colla manca lo stringeva alle gavigne, facendo delle dita tanaglie, colla destra punzecchiavagli il collo.

Il Goto ringhiava come orso preso al laccio.

– Ahi! Ahi! Ahi! Che domin ti ho fatto, frate del diavolo, per trattarmi così?

– Cane di Genserico, mi sei venuto in cocca – e lo punzecchiava di nuovo.

– Deh! Santo eremita, non vogliate sgozzare in tal modo un uomo battezzato! – insisteva il paziente con voce fioca, la guardatura come quella d'un santoccio.

– Domeneddio non paga il sabbato...

– Deh se avete viscere di carità.

– In nome di Cristo, non riconosci Silvio? – E andava tuttavia stuzzicandolo col pugnaletto.

– Silvio? Sei tu Silvio? Beati anacoreti della Tebaide, ho io ben inteso? – Al sentirsi quel nome venne preso dai brividi dell'agonia; pure continuò pregando e profferendo non più saputebestemmie come fanno i vili allorché si vedono la morte ad un pelo.

Se non che il romito, sempre tenendolo forte, diede un fischio e tosto furongli d'attorno alquanti giovani fieramente armati dal capo alle piante.

III.

Roma

Prima di proseguire il filo del racconto gli è mestieri che mi faccia a narrarvi fatti anteriori ai già esposti.

La scena si tramuta a Roma – alla Roma cinque volte presa d'assalto in manco di vent'anni; messa a sacco ed a fuoco da ladre soldatesche e da sciami di barbari; alla Roma spopolata della sua plebe formidabile e di quella infingarda bruzzaglia, la quale poc'anzi dirottamente avida di pane, di giuochi circensi e di simulati trionfi, accalcavasi tumultuante nelle vie, sui crocicchii, nei fori e nei superbi anfiteatri scambiando soventi le insane gare dei mimi e dei gladiatori in disastrose risse ed in rancori di parte.

Ammiriamo la eterna città! Imperocché, quantunque il ferro ineluttabile di popoli feroci, fattisi ultrici di irrefrenate conquiste e di vittorie senza fine, l'avessero con empia stoltìa sperperata a sterminio, tuttavolta vi grandeggiavano ancora templi, archi di trionfo, circhi, terme, e la reggia dei Cesari, e il foro e i teatri di Pompeo e di Marcello, e le storiate colonne di Traiano e di Antonino Pio, e la mole Adriana, e il Panteon di Agrippa, e l'anfiteatro Flavio. Invidiate ruine, meraviglia di tutte le generazioni comparse dappoi! – Di notte, quando la crescente luna vi riveste d'un velo d'argento e la gelida luce del pianeta risplende sulle densissime ombre gettate là con ritocchi fantastici – si erra col pensiero in visioni che ti scuotono le fibre, ma non ardisci scrutare...

La stella di Roma era tramontata fino dal giorno in cui Costantino portava sulle sponde del Bosforo la sede dell'impero; i lampi corruscanti nel corto periodo degli imperadori occidentali furono faville di fiamma che si spegne. Colla abdicazione di Romolo Augustolo il sommo potere riunissi nelle mani dei monarchi di Bisanzio, i quali mantennero con ogni sforzo la loro supremazia sull'Italia. Tuttavia Zenone, non trovando altro scampo a liberarsi di Odoacre che la correva superbamente, spinse Teodorico a scendervi alla testa dei Goti e ricuperarla in nome dell'Impero. E quando l'avventurato guerriero debellati gli Eruli assunse titolo di re, e con leggi molto sapientissime ristorò il paese immiserito da calamitose nefandezze, cadde in uggia agli Augusti[2]. Così lorché al florido e possente regno di Teodorico ne succedevano di meno forti, Giustiniano spediva Belisario invitto a rintuzzare la gotica dominazione. Poco dopo Narsete sterminavala affatto e restituiva interamente il disputato suolo al greco monarca: ma il diadema di gemme si franse sulla fronte dell'erede di lui[3]. Addormentatosi fastosamente nelle pompe d'una corte rotta ad ogni libidine e battagliarne fra indigeste sottigliezze di teologia, fra intrighi di femmine, di eunuchi, indarno mandava da Costantinopoli condottieri inetti a gagliarda

---

[2] Al tempo di Teodorico re degli Ostrogoti in Italia, gli Italiani parteggiavano per l'impero d'Oriente. Albino Boezio e Simmaco furono tratti a morte come cospiranti cogli Imperatori. Dopo le conquiste di Belisario e di Narsete i popoli, infastiditi dal modo sconveniente con cui venivano amministrati, cangiarono di avviso e cominciarono a volgere in mente di scacciare i Greci e ristabilire il governo dei re.

[3] Fu Giustino II: anzi Paolo Diacono ed altri antichi cronisti affermano che Narsete, sdegnato nel vedersi tolto da lui il governo dell'Italia per confidarlo a Longino patrizio, invitasse Alboino re dei Longobardi a rendersene signore.

guerra. – I Longobardi delle chiome prolisse, del mento irsuto di lunga barba, spiccatisi dalle nevose foreste di Pannonia stabilivansi nella Insubria e nella terra di Benevento. Al tempo in cui siamo col racconto, Teodolinda, benefica regina dei novelli conquistatori, aveva da qualche anno rinunziato la sovrana dignità al figlio suo Adaloaldo che ella fece proclamare re nel circo di Milano, dandogli a collega il marito Agilulfo padre di lui. Intanto il trono d'Oriente era insozzato da Foca indegnissimo dello scettro, e per lui reggevano le province italiane rimaste ai Cesari un esarco in Ravenna e un prefetto imperiale nella città dei sette colli.

Da una parte gli estremi aneliti del mondo antico che va morendo con prolungata agonia come conviensi alla magnitudine del suo passato; dall'altra le primizie di una età rozza ma credente nell'avvenire...

In una città come Roma, aperta al primo venturiere cui entrasse in corpo la voglia di metterla a soqquadro con una masnada, ogni ordine di cose era andato a fascio. Frotte di ladroni percorrevano anche in pien meriggio le vie rubacchiando e sbaldeggiando; le piazze spesso teatro a schermaglie, a scellerate baldorie, quindi brighe, soperchierie, vendette, assassinî, sfogo bestiale d'ogni mattezza; i più potenti impuniti n'andavano tronfi, e i fiacchi calpestati, sviliti non osavano alzare la testa e badare da che parte fosse partito il colpo.

Di quel tempo fra le famiglie che l'abitavano annoveravasi quella di Teobaldo. Il qual Teobaldo era uomo di somma dirittura in tutti eventi, e se non vantava la temerità del guerriero, chiudeva in petto un animo fermo e vibrato quanto lo esigevano la difficoltà dei tempi e la testereccia idiotaggine degli uomini. Di più aveva raccolto come in retaggio le tradizioni di Cassiodoro e degli altri ingegni che avevano fatto la gloria del secolo di Teodorico, di maniera che fra cotanto buio faceva pure un po' di lume.

Negli anni di sua prima gioventù soggiornando in Ravenna alla corte dell'esarco Romano, un bel dì vide due occhi più ladri del bisogno, una taglia ritondetta, in complesso una piacente ragazza, se ne invaghì, anzi si invaghirono tramendue. Egli la conobbe discreta, la sposò e se la condusse in Roma, dove lo fece padre di una bambina, cara e vezzosa creatura, la quale unica e pargoleggiante formava la consolazione dei genitori.

Il loro palazzo, di solida e rozza costruzione come gli edifizii di quel tempo, era situato sulla piazza di san Giovanni Laterano. L'interno della casa il conte è un modello di domestica pace, e se vuoi, di saggi costumi: ivi ben intesa lautezza senza scialare col superfluo che Placidia, la egregia massaia, compiacesi nel distribuire con carità evangelica ai poverelli del rione: cosicché la famiglia di Teobaldo si può dire lieta od almeno contenta; tanto più che è ritrovo alle poche gentili persone rimaste nella inselvatichita città e che vive i suoi giorni rinchiusa nelle massicce pareti del suo palazzotto; giacché rade volte la signora scendeva nell'aperta via, se non era per recarsi ad ascoltare la messa nella vicina chiesa o nell'antico Panteon appunto allora tolto al paganesimo, e dedicato alla Madre di Cristo e a tutti i martiri della fede.

La fanciulla cresceva in tal modo fra l'incanto delle grazie onde natura l'aveva fornita ed il candore di un'anima soavemente amorosa. Careggiata dalla madre e da tutti che la accostavano pareva serbata ai più giocondi destini; ma la fortuna n'ebbe invidia e i nembi si disserrarono torvamente su quel fior di bellezza con ironia crudele.

Una mattina madre e figlia incamminavansi come di consueto alla basilica lateranese scortate da un codazzo di famigliari. Nell'attraversare che facevano la piazza si parò loro dinanzi una mano di giovani cavalieri. Ve n'ebbe uno fra questi che sogguardò lungamente la fanciulla, e rimase colpito da meraviglia inusitata; onde appena passò oltre si rivolse al compagno che aveva ai fianchi:

– Che angelica donzella! Giuliano, saprestu chi sia questa leggiadrissima figlia di Roma?

– Eh, non la conosci?

– No, per verità.

– Ella ha per padre Teobaldo, grandissimo gentiluomo.

– In fede mia dovrà tenersi per l'uomo più felice della terra chi potrà chiamarsi suo sposo.

– Da senno eh? La è vaghetta; va là, non sei di cattivo gusto, Silvio garbato, ma puoi forbirtene la bocca.

In quella giunsero ad una cantonata e si perdettero di vista.

Graziana, giova dirlo, aveva incontrato gli sguardi di quel giovine dalle maschie e pur aggraziate fattezze, dall'aria vivamente ardita ma ritemperata da una espressione lieve di melanconia, e provò subito per lui mistico un sentimento di simpatia – un sentimento che doveva poi farsi irresistibile e schiuderle sui primi passi un paradiso di dorate visioni, tal quale lo va fantasticando la inesperta immaginativa delle giovinette, per trabalzare ben presto con rigido contrasto in una delusione sciagurata. – Epperò quel giorno e quello appresso comparve oltre il costume impensierita; la madre, che l'occhio di madre è mirabilmente fino, se ne avvide, ma frantese la causa, ond'è che a svagarla:

– Graziana, – le disse, – verresti oggi a san Giovanni?

La fanciulla acconsentì. Uscirono, e in ritornando di chiesa eccole il garzone sconosciuto. Era soletto, ed appena la scorse alla lontana fece caracollare il cavallo quasi volesse tacitamente salutarla. Cosiffatta scena rinnovossi il giorno dopo e poi l'altro, e l'altro ancora, infine ogni volta a quell'ora si portasse alla chiesa a pregare il Signore.

Se v'erano poi delle giornate in cui dessa non ponesse piè fuori di casa, e in conseguenza non avesse campo di occhieggiare il mesto damo, se ne rimaneva solitaria, e una tristezza lenta impadronivasi di lei, né riprendeva la sua ilarità finché la buona madre per farle respirare un po' d'aria non la conducesse fuori al passeggio: oh allora s'avveniva nel cavaliero e rientrava racconsolata.

Come diversi i timidi sguardi della giovinetta, da quelli di donne in sull'autunno della età! Sguardi ridondanti di svenuto languore, ma oimè! già rivolti collo stesso girar lungo d'occhi a troppi spasimanti perché tocchino ancora cuor di mortale. Creature pari a fiori di esotiche piante, senza olezzo ed avvizzite dalla brezza intempestiva, oh quanto calunniate! Dice loro la folla: ecco avvezze al galante imperio, tentate stizzosamente prolungarne di un'ora la magia mentre la terra vi sfugge di sotto i piedi, noi vi compiangiamo – nientemeno siamo giusti, elleno forse amano più forte ed io le assomiglierei talvolta all'ultimo raggio di sole illuminante con mirabilissimo effetto una marina di Salvator Rosa.

Così una favilla si era convertita in un incendio, e quel cuore immaculato di Graziana, bello com'era, di fibra tanto fina e sensibile, fu in preda ai delirii dell'amore. Io credo certe anime predilette sieno nate per intendersi, e non appena si scontrino sullo stesso sentiero, esultino nel riconoscersi fatte l'una per l'altra; e nella nostra Italia più che altrove, a dilungo delle sue coste bagnate deliziosamente dalle onde del mare, su pei laghi ridenti e per le tremole lagune, nel mite tiepore di un clima irradiato da sole lucentissimo – in Italia dove l'occhio delle donne è affascinante e la voce argentina, l'amore si beve coll'aria profumata dall'effluvio dei tigli, dei melaranci e delle acacie, allora che le dilicate fragranze ti accarezzano il volto e ti inebriano i sensi, sull'ala dei venticelli mormoranti in sulla sera con misterioso concento – in Italia le passioni sono improvvise e tremende come lo scoppio del suo Vesuvio.

Un'altra volta la Graziana in campagnia di una custode erasi recata alla chiesa per una straordinaria officiatura vespertina. Le vaste navate dell'augusta basilica formicolavano di popolo, che, o prosteso, o sospingendosi per giungere presso all'altare, o per incamminarsi ver l'uscita, aveva formato due opposte correnti; un debile raggio del crepuscolo penetrava dalle lunghe finestre, e infondeva un tranquillo raccoglimento nell'animo dei fedeli, mentre il patetico e grave canto gregoriano intuonato dai chierici consigliava a divoti pensieri. Ella fermavasi al genuflessorio della famiglia; accanto erasi inginocchiata la custode, i donzelli alla coda: ma la pia fanciulla per quantunque si raccogliesse in sé stessa non aveva lena di pregare: uno scoramento invincibile avevala in quel punto soprafatta, sicché le preci con cui pur tentava rivolgersi al cielo morivanle sulle labbra – fissava immobilmente gli sguardi ora sulla volta del tempio d'onde pioveva quel barlume, ora sui doppieri di cui fiammeggiava l'altare. Mentre quasi inconscia di sé stessa non s'avvedeva di ciò che dattorno avvenisse, fra le molte persone che rasente le fimbrie dell'ampia sopravveste passavano d'allato credette udire il suo nome: si scosse, e rivoltasi ove le era parso venisse la voce, scoperse al suo fianco colui che da molti giorni aveva impensatamente turbato la pace di sua innocenza. Il garzone approfittando di un istante cui la folla incalzava viemmaggiormente, le si mise tanto d'appresso da poterle susurrare all'orecchio senza insospettire neppure i più vicini.

– Oh Graziana, volgete uno dei vostri pensieri ai casi di Silvio.

La donzella presa così alle strette era sulle spine, tra la trepida modestia e la maninconiosa disposizione dell'animo, non sapeva che fare, dove rivolgersi a nascondere l'imbarazzo e gli affetti; avrebbe voluto rispondere a quelle amorose parole; una fiamma le salì alle guance e si fece vermiglia, infine balbettò a sillabe interrotte:

– Voi dite di essere sventurato? Voi di certo prode e generoso...

Il giovane innamorato avrebbe a stento frenata la piena dei sentimenti di che era inondato, se un gesto di Graziana non lo avesse incontanente trattenuto.

Infatti la custode si rialzò da quella postura e fe' cenno di partirsi. Graziana si era ricomposta, e Silvio svignando frammischiavasi alla turba dei divoti.

Il giorno dopo sull'ora bassa dinanzi al palazzo di Teobaldo regnava solenne silenzio, solo interrotto dal rumore che faceva il portiere nel chiudere la seconda imposta del portone.

– Ohe camerata, che fretta hai quest'oggi di serrarli in casa? C'è ancora tanto di crepuscolo: vorresti far venir sera innanzi tempo.

– Oh sei tu, buona lana? – rispose il portiere al gaietto interlocutore fermandosi sui due piè nel piccolo vano lasciato dal battitoio semichiuso – perché non li lasci mai vedere dagli amici?

– Gnaffe, sono anni domini; ma gli amici me ne accorgo pur troppo, eglino si dimenticano del povero Godelberto.

– No, corpo del mondo, no che non se ne dimenticano punto punto; ma di' su, non hai paura a gire in volta di quest'ora senza la scorta di un bravo compagnone?

– La mal aria è per voi altri che avete le tasche colme di soldi bisantini; per me che non ho la miseria di uno scrupolo l'è tutt'uno. E poi m'ho una trappoleria che pur beato se potessi tormela giù dalle spalle!

– Posso essere capace a qualcosellina?

– Anzi tu solo avresti mezzo da cavarmi d'impaccio.

– In che modo?

– C'è un bel signorello che sta presso a me di quartiere, il quale mi ha pregato, pregato tanto che non ho potuto rifiutarmi... via me lo farai questo servigio?

– Perdiana, di che si tratta?

– Di far tenere questo foglio alla tua bellucia signorina.

– Ed è qui tutto il guaio? Qua, senza paure.

Si fece dare il foglio ripiegato e lo pose sbadatamente nelle vesti.

– Qualche grazia n'è vero?

– Lo credo; buona notte, camerata, e te ne sono obbligato.

– Va via, ti pare fra amici – nel ritirarsi chiudeva l'imposta; ma l'altro che erasi già fatto con Dio, ritornò indietro in due salti e bussò finché gli venne riaperto.

– Ehi, camerata, mi raccomando, ve', silenzio, nessuno fuorché lei veda quello scritto, – e data la volta in fretta s'allontanò a gambe levate.

Il portiere rimase lì con un palmo di naso, e si mise a ragionarla seco stesso su quello avesse fatto.

– Dio sa in qual razza di affare mi ha imbarcato quel mariuolo. Ehi, ehi Godelberto? – Ma aveva un bel chiamare, Godelberto tirava innanzi dritto dritto facendo orecchio di mercante, sicché il valent'uomo dovette mandarsela giù, e avendolo promesso adempiere alla propria incombenza, accontentandosi di barbugliare: Qui gatta ci cova, qui gatta ci cova.

Quella sera Graziana si ritirò più presto del solito nella sua cameretta, e quando squadernò il volume della *Consolazione* di Boezio, sua delizia, e di cui ogni sera leggicchiava così qualche pagina, le saltò all'occhio una pergamena; la svolse e la lesse, diceva così:

«Sono un disgraziato: non ho padre, non ho madre, non ho fratelli che mi portino amore; questa Roma che amo sopra ogni cosa, e a cui tutto sagrificai, anch'essa non m'intende e mi rinnega... Graziana! Fra le immani rovine, fra i colli derelitti io vi ho veduta aggirarvi qual genio benefico nel regno della distruzione e della morte. Ecco, voi mi avete rivolto uno sguardo di compassione e io l'ho benedetto come quello di un angelo che mi avvalori nel mio supremo proponimento. Oimè! Forse l'apparizione sarà breve e svanirà come sogno di giovinezza: il dovere mi comanda di migrare dalla grande città per correre più dure fortune, e se mai mi verrà fatto di cogliere lauro, ne tesserò una corona e verrò a posarla sulle vostre chiome; ma io non vi lascio se prima non vi ho detto l'addio. Deh leggetemi nel cuore, una vostra parola mi sosterrebbe nei rovesci... La notte di...»

Graziana non ebbe forza di continuare e lasciò cadere la pergamena di mano. Si sentiva nel cuore un rimescolamento affatto nuovo, ineffabile: rossore, corruccio, voglia di piangere, e nello stesso tempo una pietà mesta, una ebbrezza non ben determinata, ma che le ricercava tutta quanta l'anima. Ella aveva deciso. Vergò alcune righe e riuscì a farle avere al portiere affinché di soppiatto le consegnasse all'uomo che sarebbe venuto a chiederle.

In sul fare del vespro comparve Godelberto per la risposta e sta volta senza ciaramellar gran fatto, data la buona notte all'amico che era imbronciato maledettamente, se la batté pei fatti suoi.

Inoltratosi pochi passi, tutto ad un tratto trovasi assalito da cinque o sei manigoldi che da un agguato saltarono fuori così alla sprovvista da sbalordirlo affatto: lo legarono e lo imbavagliarono assai bene.

– Orsù, disse uno dei malandrini, seguimi e taci per lo tuo migliore – e qui, abbassando la voce quasi gli scottasse la lingua, mise fuori un nome, e precisamente come se avesse detto una ragione la quale non ammetta replica, aggiunse: – Hai capito?

Goldeberto digrignò i denti, ma dovette andare dove lo cacciavano due braccia con nervi d'acciaio fra cui era serrato.

Quando la notte era buia, Graziana abbandonò la sua camerella e scese inosservata nell'ampio cortile; non v'era anima viva. Peritosa siccom'era, dapprincipio esitava, poi le prende subita vergogna e quasi sbigottimento, sta per retrocedere, per involarsi: se non che un buffo di vento spegne la lampanetta che tiene fra le mani; in questo mentre a levarle ogni dubbio sente avvicinarsi leggere leggere un rumorio di passi, anzi crede discernere Silvio; egli già le siringe la mano tremante. L'oscurità era fitta, ché invano un debol raggio di luna tentava penetrare traverso le nuvole.

– O leggiadra Graziana, questo è il più bel momento di mia vita.

– Silvio, Silvio – rispondeva la vergine latina, svincolandosi dall'amante e comprimendosi colle palme le tempia con uno smarrimento tutto trambasciato, ma che eziandio nel suo dolore aveva un vezzo da rapire – non è questa la tua voce; i tuoi accenti mi scesero altre volte più soavi nel cuore, ripetimili, o caro, se vuoi vedermi sorridere.

– Graziana, non t'amo io d'amore estremo? Non sei tu il mio primo pensiero?

– O Silvio, Silvio – replicava la spaurita fanciulla di quella sua voce modulata con inenarrabile passione – questo no, non è il tuo melodioso accento – e gli fissava ansiosa gli occhi in volto; in quel punto diradossi il velo che avvolgeva la luna e un raggio improvviso investì la figura del creduto Silvio.

Bastò un filo di luce a smascherare quel vile; Graziana balzata indietro spaventata e cacciatasi a gridare: Chi mi soccore! non ha la forza di sostenersi e cade tramortita sul marmo.

Lo sconosciuto non si perdendo d'animo, e gettando un'occhiata lasciva sulla svenuta, si curva, ne solleva la smorta faccia, le imprime un bacio: allora si ode uno stropiccio come di gente che si appressi, ed egli sbrigatamente si allontana, giunto ad un muro lo scavalca, al di là trova due uomini: poco tempo dopo quei tre personaggi camminavano per le deserte vie di Roma e smarrivansi fra la tenebra della notte che il diavolo li caccia.

IV.

Un Senatore

– Hai eseguita la mia commissione? – diceva l'epicureo Gordiano (cui le virtù degli avi avevano acquistato un seggio nel Senato Romano) al suo fidato Genserico, quella schiuma di birbante che avete veduto brillare nei capitoli precedenti.

– Oh serenissimo Senatore, abbiamo il vento in poppa: nessun sospetto di voi, e a quest'ora la nobile Graziana è perfettamente tranquilla.

– Giunone la guardi con occhio benigno... e quel gaglioffo di Godelberto?

– È tornato uccel di bosco; tutta bontà di vostra magnificenza, per me l'avrei ben bene tarpato; giacché costui m'ha l'aria d'un furbo, e poi? So io, bazzica con certuni...

– C'è altro?

– Domattina la bambina, così per distrarsi, passeggerà in Transtevere.

– Or bene, lascio a te il pensiero, m'intendi?

– Ho inteso; vostra serenità non si dia un fastidio; anzi vostra serenità ha potuto persuadersi ieri notte, che se io...

– A sentirti, vinceresti Mercurio... insomma mi fido di te.

Così dicendo il nobilissimo Senatore licenziò il cagnotto e restò solo.

Quinto Gordiano, quanto esile e deforme di corpo, d'altrettanto gonfio di avite glorie, era l'ultimo e snervato rampollo di una delle più illustri famiglie di Roma.

Disperatamente attaccato al politeismo, egli non aveva mai voluto ridursi alla fede del Vangelo, e avvegnaché non si desse altro pensiero oltre quello di immergersi a gola nella crapula, si vantava fervente pagano.

Il suo palazzo, posto nel più bel sito della città, era ingombro di schiavi, di donne, di mimi, di buffoni; il giardino e i cortili rinfrescati da spruzzanti fontane: l'atrio, i portici, le aule, i cenacoli, i bagni sfoggiatamente decorati con mosaici, con bassorilievi, colle statue degli iddii, delle ninfe, delli imperadori e degli antenati che colle armi avevano servito alla repubblica o allo impero. V'era qualcosa di artistico, direi di classico nello addobbamento di quel palagio come nelle case di Pompei: e nell'ambiente, dal vestibolo al pinnacolo, una voluttà di fragranze che ti sapeva dell'orientale. Gordiano, opulento come un Lucullo, ghiottone come un Apicio, effeminato come un Sibarita, profondeva sfondate ricchezze in cene copiosissime, in bagordi, in orgie, in sagrificii ai numi della pindarica Grecia, come se fossero i bei tempi di Traiano.

Costui vivendo in un secolo nel quale la forza individuale poteva assai più che la pubblica, si era fatto un fiero tiranno, e faceva alto e basso su tutto quello cui gli entrasse in corpo la voglia di possedere; molto più quando si trattava di sbizzarrirsi di un capriccio.

Le famiglie di Roma andavano spesso scompigliate dalle sue ribalderie, né alcuno osava lamentarsene qualvolta udisse bucinare il nome di Quinto Gordiano; ed era assai se qualche pia femminetta veniva fuori con un: Iddio tocchi il cuore all'idolatra.

Egli aveva sciaguratamente adocchiato la Graziana e se ne era sì forte incapricciato, che ne menava smanie: però comprese come la figliuola di un conte fosse un osso duro da rodere, onde mise a tortura il cervello a cercare una via, qualunque ella fosse, per venirne a capo. Consigliato da quel tristo di Genserico, ordiva ogni giorno una nuova diavoleria, nella quale sperava sarebbe caduta la povera vittima.

Ma chi è poi questo Genserico che scontriamo sul nostro cammino ad ogni quattro passi? Non sarà tempo sprecato lo spendere qualche parola intorno ad essolui.

Genserico, goto d'origine, era nipote ad un favorito del gran Teodorico; orfano in giovine età, mise da parte le tenebrose dottrine del gnosticismo per avvoltolarsi nel vortice del sociale disfacimento; mal per lui, che l'indole sua già perversa ne andò affatto immalvagita. Dopo aversi alla spensierata goduti gli spassi di una discola giovinezza, allo spegnersi del dominio degli Ostrogoti in Italia venne dagli imperiali spogliato de' suoi beni non ancora del tutto sparnazzati, e messo per conseguenza all'orlo della miseria e della galera; imperocché, quantunque i tempi corressero sovvertiti, pure talvolta c'era qualche lampo di luce, e allora tanto peggio per chi, trovandosi senza forze, non potesse col denaro pagare il fio dei delitti consumati. A lui era balenato dinanzi quello spauracchio, né ad ovviare simili distrette trovò altro partito fuorché di riparare all'ombra di qualche signore potente e ricco, a segno da proteggerlo e da saziarlo d'oro a sua posta.

L'infemminito Senatore fu appunto quegli che gli si presentò primo in un giorno di fatale memoria: parve a lui il fatto suo, e se gli profferse pronto a servirlo a corpo perduto. Gordiano accettò il patto e d'indi in poi pagava lautamente il ministro delle sue dissolutezze. A lungo andare il Goto era trapelato per modo nelle sue grazie, che guai se non gli fosse sempre ai fianchi a consigliarlo e dirigerlo ad ogni evento. Così di mano in mano crebbe fuormisura il predominio del satellite sulle azioni del patrizio di Roma.

Il giorno appresso a quello in cui quei due malvagi tennero il dialogo che abbiamo riportato, Placidia e Graziana col solito corteggio recavansi a visitare una parente nel Transtevere. Costeggiavano la corrente del fiume; dove le rive serpeggianti fra i ruderi fanno il sito più tetro e romanzesco, di repente sbucarono dalle rovine di un tempio una ventina d'uomini colle scimitarre sguainate ed accerchiarono la famiglia di Teobaldo.

Le donne misero uno strido: la piccola scorta, benché soverchiata dal numero, die' di piglio alle armi e si pose a scambiare un subisso di colpi. Gli è ben vero che al primo urto due o tre erano già stramazzati al suolo, pure gli altri, ristrettisi intorno alle loro signore, facevano ogni possa per difenderle. Di mezzo al turbinio e allo scricchiolare delle daghe, una voce tuonava.

– Abbasso le armi: rendetevi o vi taglieremo a pezzi.

La madre e la figlia trepidanti stanno avvinghiate l'una all'altra siccome colombe minacciate dal nibbio. Il capo della masnada appena l'ebbe squadrate spronò, forse per adunghiare la fanciulla e portarsela via; quando un impensato soccorso cambia in un baleno la scena. Un drappello di cavalieri accorrono a briglia sciolta e vi so dir io, che giugnere al luogo della zuffa, pingersi addosso ai briganti e menarvi allegramente le mani fu tutt'una: di maniera che cotestoro sbandati cedono il campo alla dirotta – alcuni tombolano feriti sul terreno, altri giaciono supini – ma i più la danno a gambe.

Il capo squadra fremendo nel vedersi ritolta la preda, avvicinatosi al cavaliero che era capitato il primo:

– Chi ti ha evocato dalla tomba pel mio malanno, o Silvio – lo interrogò con voce fatta roca dalla rabbia – ma alla croce di Dio, saprò vendicarmi a misura di carboni.

Silvio trasalì a tai detti; e se non poté riconoscere subito chi gliele avesse rivolte, poiché quel cotale coperto della celata era sparito fra un nembo di polvere, vi s'appose di leggeri.

Riposte le armi, i cavalieri si posero attorno alle donne mettendo in opera ogni gentilezza per rinvenirle dallo spavento.

– Signore – prese a dire Silvio approssimandosi loro con maniere di eleganza ateniese – se degnate accettare la nostra compagnia, noi la offriamo col cuore, beati se ci sarà dato di scortarvi fino alle case vostre.

Tutti che palpitarono d'amore per donna e ne conoscano i misteriosi affanni, ponno meglio ch'io non sappia descrivere, immaginarsi qual fosse la cara sorpresa di Graziana nel raffigurare il suo liberatore, e dall'altra parte la compiacenza di Silvio nell'aver saputo prestare presentissimo aiuto in quello scabroso affare.

La buona mamma, come avviene anche alle mamme del secolo decimonono, al buio di ogni cosa, benché si fosse accorta dei contrasti che angustiavano la figlia, non finiva più di lodare la carità cristiana ed il coraggio di quei bravi giovinotti che l'avevano cavata d'impiccio.

Silvio, collo il destro, si mise ai fianchi della Graziana, e facendo le viste il suo cavallo fosse un po' caparbio, aveva trovato il modo di staccarsi un pochino dalla madre, la quale ancora smarrita, non poteva badare gran fatto al caldo colloquio che impegnavasi fra i due giovani.

– Graziana, senti, questa è forse l'ultima volta ch'io m'intrattenga con teco.

– Non parlar così, amor mio; tu hai detto di volermi tutto il tuo bene, e sei per farmi morire: che amore è il tuo?

– Se sapessi qual condanna mi pende sul capo!

– Quale? Dimmelo: non sei tu uno strenuo guerriero, un eroe? Tu mi ami, non è vero?

– E puoi dubitarne?

– Dunque non basta?

– Graziana, guai se qui in Roma i miei nemici risapessero che io respiro dell'aria che cinge queste ruine. Capisci? hanno sete del mio sangue.

– Oh santissima Vergine! Che dici mai? Tu mi fai tremare dallo spavento; chi sei? dimmelo, dimmelo presto.

– Non intendesti mai nei notturni ritrovi del tuo palazzo dire del proscritto di Amalfi...

– Taci, taci per amor del cielo... oh martiri del paradiso! Fuggi di qua amor mio, fuggi tosto, che non ti riconoscano.

– E quando andrò ramingo a guisa d'un orfanello, ti ricorderai tu ancora che io ti porto nel cuore, ch'io non ho un'ora di pace, ch'io ti amo di tutte le mie forze?

– I miei occhi saranno rivolti verso il punto da dove sarai partito, e si struggeranno nel pianto...

– Il pianto non è per le tue pupille, e le parole meste suonano male sul tuo labbro di corallo.

– Mi coprirò la chioma di cenere in segno di lutto, finché la tua mano non stringa di nuovo la mia.

– Se ferro nemico non m'uccide mi rivedrai presto; più presto che nol pensi.

– Tieni la promessa se non vuoi ch'io prima discenda nelle tombe a dormire accanto ai nonni di mio padre...

La fanciulla lacrimava ed il giovine le porgeva amorosamente la mano, in quell'estasi arcana e senza nome nella quale due anime formano un'anima sola, e pare un raggio delle pellegrine dolcezze che l'uomo divinamente beavano innanzi che il peccato dei primi padri lo diseredasse dell'Eden. – In quel momento Placidia si volse cercando della figlia, e vedendola rimasta addietro sostò, le si mise al fianco – così camminarono fino a casa.

Silvio, il quale accompagnava le donne alla soglia del loro palazzo, a gran pena schermivasi dalle reiterate preghiere della matrona volonterosa che era di introdurlo in casa a rifocillarsi e a ricevere i meritati ringraziamenti dal suo marito.

– Che dirà il mio buon Teobaldo se gli raccontando l'occorso non sapremmo nemmanco ripetere il nome di quegli uomini prestanti che ci hanno con tanta bravura salvati?

– Madonna, – rispondevale Silvio, – vi scongiuro a dispensarmene. Gli è ben poca cosa il servigio che abbiamo avuto l'occasione di prestarvi.

Ciò detto, alla Graziana, la quale affannata per tenere e violenti emozioni aveva perduto ogni energia, lanciava uno sguardo furtivo che diceva cento cose, si accommiatò da entrambe alla cavalleresca, ma in modo significante, e partì seguito da' suoi.

Appena fuori di vista lentando le redini sul collo de' cavalli, li ridussero al passo, imboccarono una viuzza che menava in uno dei rioni meglio appartati della città.

Proseguivano taciturni il cammino e pareva ciascuno fosse sprofondato in meditazione grave. Noi non indagheremo quali idee tenzonassero nel cervello di loro, accontentandoci di tener dietro al nostro protagonista.

Silvio, in tanti anni consumati in una vita di perigli, di sagrificii, di annegazione; randagio da uno in altro castello, costretto a cercar rifugio la notte, dopo un giorno di disagi, fra le muscose pareti d'un eremo, non aveva mai sentito nel cuore sì angoscioso scoraggiamento. Rifaceva d'un colpo d'occhio il passato. Natali avvolti in velo che non aveva mai saputo squarciare: fanciullezza soavizzata dalle cure di una donna matura di anni e di senno non giovine, la quale gli aveva tenuto luogo di madre, ornandolo di lettere non comuni in quell'epoca, ed educandolo con quella finezza di sentimento che non si cancella più – dopo la morte della sua benefattrice i sofismi dello studio di Atene, poi avvenimenti sopra avvenimenti, gloria a scintille, ma più spesso persecuzioni, onta e calunnie, infine una spada, un cavallo dei commilitoni... La adolescenza travolta così come burchiello sobbalzato perdutamente dai cavalloni dell'oceano, senza trovare un'isola che lo raccolga, né uno scoglio in cui fracassandosi si sperda per sempre. Parco di speranze che temeva lontane troppo, indomabile nel combattimento, tenace nel disinganno, mesto nelle gioie. A venzette anni, nella pienezza della gioventù, si sentiva già vecchio nell'anima. Giudicando la donna fuori di misura ambiziosissima e di soverchio capricciosa per riamare daddovero, si era fatto dell'amore un'idea discretamente stravagante: prima d'ora di esso non ne aveva assaporato che il fantastico e le voluttà senza subirne la vertigine; forse tra il turbine di tante vicende non ha per anco rinvenuto una creatura che gli abbia toccato il cuore così da soggiogarlo inesorabilmente e distoglierlo dalla via nella quale s'è messo. Guai se gli comparirà dinanzi allo sguardo! Il suo amore non avrà limite e gli getterà nel petto il germe della infelicità. – E di vero, la nuova passione colla sua straziante agonia lo aveva siffattamente infuscato da fargli dimenticare un istante quel ferventissimo voto che era la fede ed il gaudio della sua grama esistenza, e per cui aveva abiurato ad ogni più giocondo avvenire; lo scioglimento di quel voto, unico scopo de' suoi giorni travagliati e pellegrini, gli parve allora impresa così irta di triboli, così superiore a umana forza da avvolgerlo in dubbii penosi. Si figurava come avrebbe potuto essere godente anch'esso in una proterva stoltezza. Sì certo; avrebbe potuto starsi beato nel paese che l'aveva nodrito, senza un rischio, senza sospetti. E perché mi trovo così...? Come fosforica luce di lampo gli attraversò la mente l'aspetto di un uomo: chiuse gli occhi quasi vedesse un orrendissimo spettro; ma quell'uomo si copriva di lucida corazza, montava un bel puledro, era la figura del capo banda Genserico pocanzi battuto.

Perché da tanti anni mi persegui senza requie? Saresti tu il mio demone malefico, ed io sognerei come un infermo? Oh santi del cielo, toglietemi da queste ambasce. Poi, rinfrancando l'anima scettica, e ritornando a sensi più soavi: No, l'atomo di luce staccatosi dal firmamento, mentre roteava nell'aerea danza delle costellazioni, non ha vestite forme divine di donzella per rodermi l'esistenza ignominiosamente – i battiti del suo cuore rispondono alla febbrile pulsazione del mio... A me sembrava disadorna la terra – il margine del rivo senza olezzo – il sorgere del sole senza poesia – senza concento il murmure del mare che mi fu cuna, e nel cui seno procelloso tante e tante fiate mi abbandonai con spavaldo trastullo. Ora la mia vita è una sola colla sua – ora la fiamma dell'anima sua schiarisce il tenebrore della mia mente – sento che non sono romito nel mondo, sento che se il cielo la richiamasse alle sue sfere immortali, io pure sfinirei la mia vedovata carriera.

Il motto era veridico, sarà perpetuo il cordoglio? Non v'ha nulla di perpetuo quaggiù, né gioia né spasimo, tanto è fragile la nostra natura. Tremuoti scrollano le regioni dalle viscere – pestilenze sterminatrici stendono sulle cittadi un manto funereo, mietono migliaia di vite – acque indomite scatenandosi da rive selvagge inondano ubertosi piani, disertano palagi; ma domani di mezzo agli avelli dei morti spunteranno le rose e gli amaranti, e l'ossario immondo si trasformerà nello steccato del torneo dove brillano il valore e la bellezza. – Dicono la polvere delle estinte generazioni ricopra di uno strato la terra: se è vero, noi tripudiamo continovamente in un vastissimo cimitero... E le sontuose città, visitate dal contagio, rinverdiscono, e i vigneti si rivestono di pampini, e lì erbe si pingono di fiori, e l'uomo anch'esso è travolto dalla fiumana degli eventi che incalzano e non può resistervi, e dimenticando il passato, appena osa gettare dietro di sé un'occhiata sfuggevole e una parola di rimpianto... Non so se più orgoglioso o più stolto colui il quale in un giorno della propria esistenza non tentennò per insuperabile dubitanza e nel caos ributtante delle ipocrisie, delle superbie e delle sciaguratàggini umane, non bevve un sorso nel calice del disinganno.

Silvio slontanavasi in quelle stesse *solitudini immense*, le quali poco manco di mille e dugent'anni dopo invitavano il grande Alfieri, che al pari di lui innamoratamente le discorreva cavalcando, a riflettere, piangere e poetare[4].

Fatto non breve cammino traverso vie e foreste abbandonate, la brigatella riuscì alla estremità meridionale di Roma dove spargonsi le rovine delle terme di Caracalla; macerie, torsi di statue, colonne e capitelli ammonticellati, frantumi di graniti, di marmi orientali e spessi fogliami ne ascondevano in parte il limitare. Questi imboschiti e cadenti edifizii di eroica magnificenza, vanto della romana splendidezza, abbandonati com'erano, porgevano largo pascolo alla superstiziosa paura del volgo, che credevali popolati di spiriti infernali e di streghe là dentro gavazzanti le notti in frenetiche ridde; epperò nessuno avrebbe ardito spingersi fra quei vuoti e caliginosi labirinti, ma i consorti di Silvio infischiandosi delle ubbie della marmaglia, cacciaronsi

---

[4] Vedi la vita di Vittorio Alfieri scritta da lui medesimo.

nella latebra, e giunti ad una porta chiusa scavalcarono e si diedero a vociare: Godelberto, Godelberto...

Subitamente le imposte si spalancarono per rinchiudersi tosto dietro le groppe dei loro cavalli.

Bisognava non altrimenti si comportassero queste compagnie denominate Gilde o Gildonie[5]. Da principio erano confraternite nelle quali coloro che si arruolavano facevano giuramento di tenersi stretti in indissolubile nodo per dedicarsi a certe opere di pietà; ma, mano a mano assunsero un'indole pressoché affatto laicale, e di religioso non serbarono altro che la forma del patto. Da ultimo, sebbene fosse sempre loro scopo di erigersi a campioni del debole contro il forte e di farsi scudo all'innocente contro i soprusi degli oppressori (una specie di cavalleria), quasi a supplire in qualche maniera alla mancanza di pubblici provvedimenti, pure di molte volte covavano idee ben più ambiziose; perciò erano caduti nel sospetto dei dominatori, i quali ad ogni piè sospinto moltiplicavano editti con cui fulminavano simili congreghe minacciandole di severissime pene. Con ciò non erano riusciti a snidarle del tutto, per molte brave ragioni: forse ancora contribuiva il patto solenne che nessuno dei soci contro l'altro deponesse.

---

[5] Il primo capitolare di Carlo Magno pel suo regno d'Italia dato nel 779 proibisce colla legge XIII aggiunte alle Longobardiche anche le Gildonie società d'armi e delitti dette anche brevemente Gilde – Più rigorosamente Lotario I nella quarta delle sue leggi longobardiche dice: «Non vogliamo che alcuno né per giuramento né per obbligazione faccia Gildonia. E se oserà farla, chi prima ne diede consiglio venga dal conte mandato a confine in Corsica, e gli altri pagano multa» – Sembra che tali associazioni fossero molto più antiche ed esistessero in Italia sotto varie forme anche attempo dell'Esarcato.

Silvio dalla prima gioventù apparteneva ad una di tali Gildonie, non colla garrula verbosità di un settario, non coi viluppi del cospiratore, ma colla incrollabile valentia del braccio, colla rettitudine del cuore, con una inconcussa, feconda severità di costumi, erasi cattivato e l'ammirazione e l'amore dei commilitoni: cotestoro alla prima occasione lo acclamarono loro duce. E questa gilda non fu mai operosa e temperante così come dopo che Silvio aveva assunto di guidarla. Scorrendo l'Italia dalla Liguria alla Magna Grecia, pronta e implacabile come la vendetta del cielo, qua sbarattando ragunate di barbari, là gettandosi a romanzesche avventure, destò il sospetto dei fortissimi monarchi bisantini, naturalmente gelosi di una potenza la quale maneggiava di tal fatta dove stendevasi la giurisdizione imperiale. Avevano perciò avuto dei brutti momenti: erano stati più di una volta traditi, scoperti, snidati dai loro covili; ma l'aitante avvedutezza di Silvio vinse tutti gli ostacoli, e usciti vittoriosi da difficili prove, erano cresciuti in pertinacia e in ardimento. Così operava quella buona anima di un Silvio, persuaso ch'egli val meglio far pochi passi ma sicuri, che molti e molti alla impazzata a rischio di sdrucciolare a capitombolo giù nella vallea, mentre si voleva salire e salire, e ripeteva spesso:
– Abbiamo guadagnato pochetto, ma è pur qualcosa; meglio così che trovarci dalla parte opposta a quella cui uno vuole riuscire.

E se mai l'urto inopinato delle vicissitudini lo sforzano a ripiegarsi sopra se stesso e meditare, se la morte gli toglie un amico, la calunnia una speranza, il disinganno una passione, la noia uno spasso; o se una qualunque delle piaghe infestanti la terra gli fa cadere un fiore dalla corona che gli cinge le tempie giovanili, la sua mano corre allo stilo e scrive. Sono parole ora di demenza che ardono la pergamena cui si confidono, ora baldanzosamente sdegnose, ora mestissime;

parole di irrefrenato sarcasmo o di mite esultanza... Lo scritto rinvigorisce e feconda il pensiero errabondo, come che spesse volte stimoli la miscredente arroganza delle menti a traboccare con terribilissima rovina.

Il dì appresso allo spuntare del sole uscivano da quel tenebroso antro da trenta cavalieri, vestiti in fogge differenti, come gente che muova ad una partita di piacere. Silvio era fra essi, ed aveva accanto Giuliano; in rasentando il Colosseo di Vespasiano e gli archi che Tito, Settimio Severo e Costantino facevansi innalzare dal senato e dal popolo ad eternare i loro trionfi, o piuttosto per dire incessantemente alla metropoli che una nuova nazione veniva da in capo al mondo a salutarla donna, mille affetti di gioia, di sdegno, di compassione gli serrarono il cuore; guardò intorno d'uno sguardo pieno di fuoco, ma umido di lacrime, e chinò la testa come annichilato da tanta emozione. Attraversarono la spopolata città, e giunti fuor delle mura si perdettero per la lunga campagna dove noi li lasceremo viaggiare a posta loro.

Il classico triclinio di Quinto Gordiano ribocca di commensali. Il Senatore lentamente sdraiato sul letto è più intento ai lacchezzi che alle piacenterie smaccate degli adulatori. Tutto ciò che di ghiotto porgeva la Roma di quel povero tempo a solletico dei palati, trionfa sul banchetto per saziare le brame dei parassiti, e la loro lingua non fu mai così ciarliera. Si festeggiava il giorno in cui Giuliano l'Augusto rinnegando la legge cristiana, aveva rivendicato in onore il culto di Giove. L'Anfitrione solennizzavalo con una cena se volete più eccellente dell'ordinario: a compiere il festino imbandiva certe ostriche ch'egli faceva ingrassare in una piscina della sua villa di Campania. La statua del giovane apostata collocata in trionfo nel centro della tavola sollevava di quando in quando qualche brindisi troppo empio perché

63

ve lo ripeta, brindisi accolti da una salva di arguzie, di motteggi, di strofe ditirambiche.

Sono appena levate le mense – Gordiano ama il giuoco; ma egli è prediletto dalla fortuna, e la maggior parte dei convitati, avvegnaché alticci, come coloro che hanno arrubinato assai calici di vino siciliano, avanzano tanto senno da rifiutarsi al cimento con esso lui. Solo uno, il lezioso Licinio, accetta l'invito.

Gettano i dadi – Gordiano ha perduto la posta. Non si scompone e versa sul tavoliere un altro pugno di monete: in un secondo colpo vanno anche quelle ad ingrossare le tasche di Licinio; quanto più l'uno guadagna, tanto meno l'altro usa di prudenza, e una volta smarrita la bussola mette fuori oro ed oro senza ristare, ma la febbre del giuoco offusca lo intendimento, e quando gli uomini vi si abbandonano, nell'impeto della loro ingordigia darebbero quasi quasi anche l'anima se fosse là un Beltramo per comperarla.

– La fortuna è per me, o Gordiano; gli dei hanno invidia delle tue ricchezze – parlava dolcemente il vincitore, mentre con le mani raspando raccoglieva un monte d'oro ammassatogli dalla rapida vicenda dei dadi.

Il giuoco quel giorno era fatale a Gordiano e per quanto deprecando cercasse di aggrapparsi alla sorte, questa gli sfuggiva di mano e perdeva da maledetto senno. Buon per lui che ad interrompere il traffico avvenne tale un accidente che scompigliò molto bene quanti scrocconi erano presenti.

Era il goto Genserico che veniva a render conto al signor suo dell'esito di una fazione. Introdottosi nella sala gli si appressò e disse lui concisamente come la bisogna fosse andata alla peggio. Gordiano alla infausta novella imbestialì, si alzò tremante di rabbia, cogli occhi foscamente stralunati, eruttando invettive, e si sarebbe scatenato barcollante com'era, contro il suo scherano, se questi, prevenendolo, non se gli fosse tolto dal cospetto.

Il Senatore ricompostosi torna al giuoco, dal giuoco alle anfore vinarie, poi di nuovo al tavoliere, e l'orgia continuò tardi nella notte fra una nuvola di profumi, finché parecchi fra i commensali, compresa sua serenità, giacquero svenuti sui letti senza dar segno di vita, che parevano altrettanti eroi di Omero esanimi sotto le mura di Troia.

La mattina del giorno appresso l'acqua diacciata e il sonno prolungato per molte e molte ore avevano rabbonacciato il furore di Gordiano; ond'è che appena desto si affrettò di cercare di Genserico. Il ribaldaccio tutto compunto che pareva un cortigiano, fu tosto alla sua presenza.

– Vieni qua, poverino – disse il romano epicureo alzandosi alquanto dall'origliere ed appoggiandosi mollemente sul gomito manco – non te lo saresti legato al dito quel mio primo rabbuffo? Già noi siamo vecchi amici e bisogna compatirci.

– O serenissimo, vi pare che un servo abbia d'aversi a male della giusta indignazione del padrone?

– Ebbene, la sia cosa finita e non se ne parli più, – proseguiva il patrizio stendendogli bonariamente la destra; – ora contami un po' meglio come fu quest'imbroglio.

Genserico raccontò per filo e per segno l'accaduto circa il fallito ratto di Graziana, non tralasciando qua e là di caricare le tinte ogni qual volta gliene fosse venuto il destro per tirar meglio l'acqua al suo mulino.

– Per gli dei dell'averno, – sclamò Gordiano quando il Goto ebbe terminato il dire, – che quel giovine Nazareno abbia sempre la temerità di cozzare con me! Mi fu ripetuto ch'ei sia formosissimo come la statua di Apollo, bellicoso quanto Marte; ma nelle mie vene circola il sangue di casa Giulia, non è così Genserico?

Questa spampanata di ingenuità tutta patrizia in bocca di quel Lentulo in caricatura, era una antitesi così comica che il membruto figlio della Mesia, mentre facevagli riverenza, non poté trattenere una smorfia che per lui teneva luogo di riso.

Formarono varii progetti, poi trovatili arrischiati troppo venivano messi da parte, ed erano quasi per torsi giù dall'impresa, se non che Genserico promettendo roma e toma non lasciava di soffiare nel fuoco: conchiusero non potersi stabilir nulla di preciso, ed essere prudente cosa il temporeggiare, che forse la fortuna avrebbe loro offerto qualche propizia occasione per cui menare ad effetto il loro scellerato proposito.

Graziana ha del tutto perduto quella ilarità confidente e spensierata che è il più bel fiore della giovinezza; ai guai di un amore prepotente dove i battiti del cuore sono contrastati dalla voce della coscienza minacciante come a delitto, ora s'aggiunge l'indefinito sgomento di incerti pericoli che le sovrastino. Raccolta nella linda sua cella, non sapeva distorsi dal pensare al suo Silvio; egli era partito da Roma, chi sa quando l'avrebbe riveduto, forse mai più: allora non poteva frenarsi e piangeva a cald'occhi. Qui il pensiero che meno insoffribile a lei si affacciasse, era quello di una vita futura, infinita, sciolta dalle infamie di questo mondaccio traditore, dove l'umana nequizia non potrà pigliare il sopravvanzo. Avrebbe potuto altrimenti chiamarsi la donna del suo diletto? Non sa.

La povera madre per interrogarne non aveva mai saputo scoprire la causa della pensierosa malinconia della figliuola; cercava di ingannarsi, massime dopo quella avventura incresciosa, di darne la colpa allo sgomento avuto, ma capiva volervi ben altro a cambiare di bollo la placida gaiezza di una giovinetta in una così sentita mestizia.

Una sera Placidia colla figlia asolavansi sull'aperto terrazzo che dava sulla via; la luna batteva gli smorti raggi sul gigantesco fianco della basilica lateranese; all'intorno silenzio di tomba.

– Mia buona figliuola, – entrava a dire la madre, – tu mi fai pietà davvero, tu ch'eri sì allegra, ch'eri la mia contentezza.

– O mamma!

– Di' su, vita mia, perché sono sì mal rimeritata da te che amo più di me stessa?

Graziana non rispose, ma singhiozzava dolorosamente; asciugate le lagrime, sollevò le larghe pupille al firmamento: miriade di astri nuotanti nel ciel bruno ora sfavillano, or sembrano togliersi allo sguardo indagatore degli uomini. Una fulgida stella cadde dall'alto, strisciò rapidissima sull'orizzonte e disparve nello spazio dell'immenso – viva immagine delle illusioni della vita! Forse per questo risveglia nei riguardanti una amaritudine segreta – e vuole un sospiro.

L'afflitta vergine trasse sinistro augurio e ne rimase più che mai sfiduciata. Egli vi ha certi momenti sconsolati, nei quali ad una persona cui si svoglia bene si aprirebbe tutta quanta l'anima, fossero pure i più gelosi segreti; la innamorata Graziana era appunto in tale stato. Esitò alquanto, balbettò qualche parola vuota di senso, e fattosi promettere uno scrupoloso silenzio su ciò che le verrebbe rivelando, disse modestamente timida, ora arrossendo, or lagrimando, dell'amor suo e di chi ne era l'oggetto.

La madre stizzì, poi pianse, e tra intenerita e indignata finiva collo stringere al seno la figliuola e coprirla di baci

– O povera la mia buona Graziana! Oh perché sei tu sì sventurata! E poss'io sgridarti, vita mia? Potrebbe una madre trovar parole per rimproverare una figlia delle sue viscere!

Da quel giorno in cui aveva deposto nel cuor della madre i suoi affanni, parve che la Graziana avesse alcun poco avvantaggiato, ed infatti le sue guance già da tempo pallidette, si dipinsero di un leggero incarnato.

Teobaldo, benché ignorasse degli amori tra la figlia e Silvio, pure qualcosa aveva sospettato, e già pensava di venirne al chiaro per farla contenta se fosse stato fattibile. Aveva invece pienamente scoperto ciò che riguardava quel tentativo di rapimento lunghesso il Tevere; quantunque non potesse con mezzi diretti farsi rendere giustizia, che i tempi nol permettevano, aveva fatto del suo meglio per mettere un freno alla sbrigliata petulanza dello spavaldo Senatore. Egli però non ne faceva motto tampoco alla moglie per non sgomentarla di soprammercato: anzi acquetavala con belle parole, a lei persuadendo che quel sanguinoso avvenimento era provenuto da una scorreria di ladroni al solo scopo di svaligiare i passaggeri.

Nondimeno stimò opportuno ritirarsi per qualche tempo in un castello di sua pertinenza, situato nella campagna, convinto che quivi accasata la sua famiglia, sarebbe al sicuro d'ogni violenza e d'ogni insidia; ma egli s'ingannava a partito e noi lo vedemmo in sul principio del racconto.

V.

Il Goto e la Gildonia

Se adesso ritorniamo coll'istoria nostra nell'inospite sepolcreto della campagna di Roma, il lettore comprenderà di leggeri chi fossero il romitello e i giovani armati di tutto punto nei quali aveva incappato il goto Genserico.

– Ohé compagni, vi presento un vecchio di birbo, – disse Silvio ai sorvenuti in consegnando messer lo cavaliero a cui spettava.

Tutti gridarono nel ravvisarlo:

– Genserico! Uh traditore, anima dannata, sozzo cane, questa volta non ci scappi.

Silvio gittò dalle spalle l'abito fratesco e rimase in un giustacuore di pelle che, attagliandosi con grazia alle forme del corpo, ne delineava tutta la nerboruta snellezza.

Coloro i quali avevano preso a cuore la guardia del mal capitato, spogliatolo delle armi, avvinsero colle braccia serrate dietro le reni ad un cippo di porfido su che stava infissa una croce di ferro, poi cominciavano a dargli la baia.

– Anche tu l'hai trovato il tuo sabato, e finirai, la Dio mercé, di uccellare il prossimo.

– Quante partite abbiamo da accomodare *inter nos*!

– Eh! Eh! Del tempo ce n'è sicuro da farti ragione.

– Ai voti, che se ne deve fare di questo coso?

– Ai voti, ai voli – volò di bocca in bocca con una armonia non dissimile alla gazzarra che fa una nidiata di fanciullacci scontratisi a caso per la valle nella eco della montagna.

– Non c'è grazia che tenga, si accoppi, si sbudelli quel furfante, giustizia pronta...

Quindi un rovinio, misto a scrosciare di risa, a viva, a battimani, allo impotente guaire del bravaccio cascato nelle panie.

– Zitti, zitti – si mise a predicare finalmente uno della banda – io deciderò ben io il punto legale della quistione.

– Ah! Ah! Ah! Strillarono in coro, gli è l'oratore che ha la parlantina, si ascolti, si ascolti...

E l'oratore (così soprannominato perché più degli altri arguto, andava in gloria ogni volta avvenisse di sermonare a distesa), s'inerpicava sulla più elevata fra le arche, eretta a coprire le ossa di qualche santo cenobita ed ora bigoncia ad un beffardo; componeva la faccia tosta ad una grottesca gravità, poi così parlò trinciando gesti nell'aria per imprimere alla parodia evidenza e vivezza:

– Fratelli umanissimi, voi sapete come qualmente in vigore del diritto del primo occupante, diritto che oggigiorno è di gran moda, noi indegnissimi figli della mamma Italia siamo entrati nel pieno possesso di questo monistero e sue pertinenze. Voi non ignorate del pari che i monaci da poco tempo consigliati a sloggiare da una scorreria di barbari, avevano laggiù dimenticate certe anfore di vin greco sì saporito, ch'egli ne avrebbe fatto venir voglia ai morti. Ciò posto tengo per fermo, voi vorrete adempiere da uomini d'onore ai doveri della ospitalità coll'offrirne così alla semplice una coppa ad un orrevole gentiluomo, il quale è venuto assai cortesemente a visitarci. Però siccome la saria sconveniente a messeri pari nostri che per un mostaccio da eretico ariano ci dovessimo incomodare: così tutto ben considerato e ponderato ho la compiacenza di proporvi: Si chiuda isso fatto l'individuo in quistione in quella ariosa cantina dove egli beverà a centellini del soave nettare, e noi gliene lascieremo tempo sufficente, cioè a dire finché avrà fiato in corpo per cioncare: *Hoc per quam durum est, sed ita lex scripta est.* La morte è nobilissima, strepitosissima, degna di Eliogabalo, maestro di morbide dottrine, non che d'un avanzo di forca; morirsi tracannando del vin greco; che ve ne pare?

– Bravo l'oratore, bravo l'oratore: al sotterraneo, al sotterraneo – scoppiò fra i molto romorosi applausi dell'assemblea non appena l'oratore ebbe finito la concione, e detto fatto passavano alle azioni.

Silvio al quale non gareggiavano le celie taceva, taceva perché alcuni fra suoi neofiti non erano sempre compresi da giusta moderazione; anzi coloro che avevano più sciolto lo scilinguagnolo nudrivano aspirazioni non troppo savie; imbrancati in quella caterva per bizzarre iliadi, non volgevano in testa che di godersela senza pensieri. Niente di meno finì per annuire alla decisione presa, giacché a dirvela a quattrocchi Silvio stesso in quella circostanza non vedeva più in là de' suoi confratelli, e sebbene fosse di animo gentile e di ogni cosa intendentissimo, pure era un uomo del secento e dieci; né poteva torsi giù da certo barbaro andazzo dei tempi per lanciarsi in vedute meglio oneste.

Con ciò non crediate voglia persuadervi il mondo sia divenuto un gioiello, checché vadino spifferando i barbassori che tengono in manica il progresso della specie umana. Tutt'altro, ché io nella mia ignoranza ho imparato che i vizii di un tempo al rinnovarsi delle cose si riproducono a dispetto della nostra decantata civiltà: e noi ci mettiamo a cinguettare con un gergo infiorato di arzigogoli rettorici proprio sull'orlo del precipizio, obbliando gl'insegnamenti della storia, vera scienza della vita.

Genserico se prima piagnucolava e scongiurava in nome di tutti i santi del leggendario per impetrar grazia, a quella spietata risoluzione sciolse con un terribile crollo le braccia e strinse i pugni, come colui che si mostra deliberato a difendersi disperatamente; tempo perduto: i campioni della Gilda accingevansi a strascinarlo di santa ragione nel sotterraneo; ma ce ne vollero delle belle, perocché il pover'uomo vedutosi alle strette, sprangava pugni e calci che lo ponno dire quelli cui capitarono sulla pelle, però riuscirono a serrargli sul muso due battitoi con tale stridore da mettere i brividi ad un Socrate.

La tana era scavata sotto alla chiesuola del convento, e non riceveva altra luce fuorché di un pertugio praticato presso la vòlta, ma così ingombro di erbacce da renderlo quasi cieco; le pareti erano grommate di muffa, e per terra biancicavano scheletri, cranii ed ossa di morti.

Era alta la notte. Quanti funesti pensieri aggruppavansi nella mente del prigioniero al momento di dovere por fine ed in quel modo ad una vita di tradimenti e di delitti! Torve immagini passavangli nella sbigottita fantasia; e quella schiera è irrequieta e fosca; pavide spose, vergini intemerate, donne nel fiore o in sul pendio dell'età; vecchi traditi, ministri del Signore trucidati a piè degli altari, madri orbate; facce pienotte e facce scialbe, sorridenti o minaccianti colle cadaveriche figure! Chi gli dava la forza di sostenerne la vista?

Un suono di pedata, come di persona che si appressi lo scosse, si schiusero le imposte, e Silvio comparve nella segreta.

– Genserico, – parlò questi, – l'ultima ora per te è venuta.

– Ricorda che anche i tuoi giorni sono appesi ad un filo incomprensibile di cui tu stesso, comecché nella tracotanza del vincitore, non sai misurare la durata.

– Non nego; ma intanto la tua vita sta nelle mie mani.

– Tu, o giovine, tu che ti fai tanto bello di generosità, ammazzeresti un uomo inerme? Quel solo vivente che potrebbe rivelarti il nome del padre?

– Finiscila colle tue filastroccole, o rinnegato, non isperare di sfuggire alla mia vendetta ed alla giustizia del cielo col rivangare vecchie panzane cui sono oramai indifferente. – Ma le labbra nel pronunziare tai detti erano convulse.

– Però, – ripigliava il prigioniero, – io con un motto potrei straziarti il cuore mollo più che tu non possa tormentarmi colle tue raffinate sevizie.

– In nome del cielo, mentiresti anche sull'orlo del sepolcro?

– Non mento, no.

– Lo giuri?

– Lo giuro.

– Poss'io fidarmi del tuo sacramento?

– Lo ripeto, Silvio, te lo giuro pel nostro Ulfila, di gloriosa memoria; per quanto v'ha di santo su questa terra.

– Giuda aveva qualcosa di santo su questa terra?

– Scolta le mie parole, o giovinetto; ti dico che sei arrivato in buon punto.

– Parla dunque, e se svelerai segreto di qualche momento, da uomo d'onore avrai salva la vita.

Fosse quel vedersi la morte alle spalle, fosse il nascosto terrore che infondeva quella lurida spelonca, fatto è che Genserico si sentiva trascinato a dire la verità.

– È la prima volta, lo confesso, che sento dopo anni assai cosa voglia dire il rimorso; udii ripetermi: una buona azione racconciare di molti scappucci.

– Sbrigati pel tuo malanno, tu m'hai fradicio.

– Ebbene, sappialo, la scorsa notte rapii la donna del tuo cuore; se vuoi salvarla non perdere un minuto di tempo, o sarà tra le unghie di Gord...

– Troni del cielo! – proruppe Silvio, e afferrò il ribaldo per la strozza, colle mani furenti gliela compresse rabbiosamente: a quello spasimo il prigioniero spalancati gli occhi, come volessero schizzare dall'occhiaia, sgangherando la bocca, dalla quale spenzolava la lingua bavosa, ruggì come toro ferito. Silvio ne fu atterrito, sicché gli lasciò di nuovo il respiro. Rianimatosi, prendeva a dire, come se nulla fosse stato, sorridendo a fior di labbra:

– Poco monta, ma bada che s'io muoio non saprai chi t'abbia generato.

– Furia d'inferno! – e traendo il pugnale dalla cintura e levandolo minaccioso a mezz'aria sull'ignudo capo del Goto, Silvio continuava: – Alle corte, di' quel che sai sul conto mio, o ti scanno colle mie mani...

– Nol posso.

– Dunque morrai.

– Così sia: al mondo ho rispettato un sol nome; gli è appunto quello che vuoi strapparmi di bocca. Pure vi sarebbe una transazione: io te lo manifesterò quando sarà in punto di morte colui che lo porta; d'ora innanzi avrò una promessa da mantenere.

– Dammi un pegno.

– Questo amuleto che mi affidava mio padre prima di morire e che non avrei dato per cosa del mondo, – trasse una pietruzza su cui erano incise alcune cifre cabalistiche, la baciò, la diede a Silvio, poi ripigliò: – quando avrò soddisfatto alla mia promessa, tu me lo renderai.

– E se tu morissi prima?

– Dammi un'arra anche tu, e quando io te la spedirò tu verrai presso di me e saprai coll'ultimo mio respiro il nome del padre tuo.

– Ma non basta, in ricambio della vita ch'io ti dono devi ancora darci opera a salvare la sventurata figliuola di Teobaldo dagli artigli di Quinto Gordiano, sai?

– Anche questo lo giuro.

– Deggio crederti?

– Così Dio mi aiuti; e se non tengo patto, possa dannarmi l'anima per l'eterna vita.

– Via, sei salvo: all'alba verrai con esso noi e sarai guida nella impresa.

Quindi volgendo le spalle uscì, serrò diligentemente le imposte, e il prigioniero poté distinguere i passi rotti di lui che si allontanava. Ai primi crepuscoli del dì, l'emisfero, cinericcio per vaganti nembi, minacciava la bufera: nonpertanto lo squillante suono del corno raccoglie in sul sagrato i figli della Gildonia. Silvio spone loro parte della scena avuta col barbaro, e propone con calde parole si accorra a liberare la rapita Graziana. Dopo le consuete pratiche il partito venne accolto all'unanime grido di: Viva la Gildonia, viva Silvio! Allora si inginocchiarono per la preghiera del mattino; e non fu breve, e parve sincera e fervorosa: strano mescuglio di religione e di abitudini da venturiere!

I cavalieri in appresso cavano Genserico dal carcere, traggono fuori i palafreni, li bardano accuratamente, e inforcano gli arcioni; parecchi frenano a gran fatica i destrieri che sbuffano, scalpitano, corvettano d'ogni freno impazienti; altri galoppano giostrando a sollazzo; tutti agitansi in briose, pittoresche movenze, in tutti traspare dal baldo sembiante un'aria di ardimento come volessero dire: – Orsù, quando siamo in sella ai nostri buoni cavalli sfidiamo il mondo. Di corto furono riuniti; Silvio li schierò a rassegna e, dato il cenno della partenza, si misero in via tenendo in mezzo il Goto, il quale doveva essere scorta ed ostaggio.

Viaggiarono per lande e per paludi. – Un giorno sull'imbrunire giungevano in un miserabile paesello dove il mare rientrando in un seno raccoglievasi in breve Porto. Sostarono innanzi ad un gruppo di capanne da pescatori, dalle cui fessure trapelava un raggio di luce. Silvio balzò a terra e fattosi ad un uscio percosse fortemente. Comparve un giovincello mezzo sgomentito nel vedere tanta gente irta di ferro.

– O Gesumaria! Cosa volete da noi poveretti?

– Rispondimi, bel ragazzo, è passata di quinci una donna custodita da schiavi armati?

– Di certo, illustrissimo, ieri in sul vespro. Eran due le signorine. La più bella, oh che viso da madonna! la faceva proprio compassione, piangeva, piangeva; ma quei Romani erano proprio senza misericordia.

– E dove l'hanno condotta? – insisteva Silvio smaniando.

– L'hanno cacciata in una galea già preparata, e vogarono verso il mezzodì.

Silvio fremeva a quelle parole, e avrebbe perduto il senno se non era Giuliano a rincorarlo.

Ognuno fu in moto, e non appena si conobbe da quei semplici pescatori qual fosse lo scopo della spedizione, si adoperarono a renderla facile perché dicevano, quella povera signorina aveva una cera tanto buona e tanto strema che n'erano proprio afflitti nell'anima sapendola in cattive mani. Fu supplito il meglio che si poté alla mancanza di un naviglio abbastanza ampio da capire tutta la comitiva, rassembrando di buone barche pescherecce. Molti poi fra quella gente vollero seguire la Gildonia, invitati da Silvio e da Giuliano, i quali facevano conto su persone addestrate. Come piuttosto ebbero allestiti i legni, si distribuì la numerosa brigata di maniera che in ciascheduno di essi fossero almeno un paio di que' marinai.

Messisi in mare, Silvio adagiato sulla poppa accanto a Giuliano, osservava ora il misurato muoversi dei remi, ora la moltitudine dei fiotti che, risospinti lungi lungi, vanno a delinearsi sull'orizzonte a foggia di instabili montagnette, ora la spiaggia dileguantesi; ma egli volgeva in mente pensieri di tale intensità, che neppure rifletteva a quello che il circondava: perduta la speranza di raggiungere i rapitori, non rimanevagli altro partito che di trarre la giovine dal palazzo di Gordiano per forza d'armi o per inganno. Qui lo scoramento cresceva a cento doppi; avrebbe voluto impennarsi le ali, raggiungere la nave ribalda e torglierne la tribolata prima che varcasse la soglia del Senatore.

– O Giuliano, diceva volgendosi all'amico, la donzella non sopravviverà al suo disonore, e noi arriveremo troppo tardi.

– Su via, non perdiamoci di coraggio; Quinto Gordiano non sarà poi bestiale con una vezzosa ragazza; egli conosce tutte le galanterie al paro del più compito damerino.

– Tu vorresti riconfortarmi, te ne sono grato; ma i tuoi detti non hanno l'accento della persuasione. – Poi chinando la testa si tacque. Il cuore, come fosse stato ferito, aveva una puntura indefinibile, tormentosa, ma che lo innondava di un torrente di voluttà; e coltivava quella fitta perché gli pareva che nel sollevarsene gli sfuggisse parte di sé medesimo. I suoi pensieri a un bel circa erano tali:

– Graziana è pur bella e pure disavventurata; la leggiadria della persona armonizza colla dolce venustà del viso. – La tua voce è un susurro quasi come lo stormire di foglie fra cui scherzi lenemente lo zeffiro della primavera: io ti amo con tutta l'anima; e come no? Il tuo sguardo raccolto ed intento mi inebbria di amore, ed io credo allora di trovarmi fra gli angioli del paradiso. Oh dov'è la pietà di quello sguardo? Mia diletta, perché sei solinga come fiammella vagante per stagni deserti? Via, sorridi, sorridi, ch'io vivo per te; quando il tuo labbro mormora parole di dolore tu mi immalinconisci, e al tuo pianto io sento squarciarmi il petto. Esaltano i poeti il sereno del cielo, lo smeraldo della campagna, l'azzurro di linfe cristalline, il variopinto smalto dei fiori; ma io invece, benedico le pupille de' tuoi occhi, i tuoi capelli che, lucidi come ala di corvo, si spartiscono sulla liscia fronte, la tua mano candida come il primo raggio d'oriente su l'alba del mattino. Ho disprezzato il ghigno del volgo e l'ira cieca del potente per respirare l'aria che tu respiravi, e tu tremasti, e la voce nel farmi le dipartenze era lungamente fioca come gemito di tortora... La tua immagine mi perseguita e il cuore mi si schianta se mi suonano alle orecchie le parole con cui un giorno mi porgesti un fiore dicendo di tenerlo per amor tuo. Adesso io, sull'ali del pensiero vaneggiante, mi sovvengo del tuo commiato e mi sembra di leggere ancora l'angoscia ne' tuoi occhi che si affissavano ne' miei...

Così poetizzando mulinava con la immaginazione; perché noi siamo una benedetta razza di gente così fatta, che quando uno amore comincia a bucherarci le midolle, andiamo attorno miagolando più bestialmente di un Jacopo Ortis, e prendendocela colla luna e col bel tempo, come se tutto l'orbe terraqueo dovesse occuparsi delle nostre frenesie. Amore, delirio della mente, gaudio e martoro della nostra fuggevole giovinezza, lasciaci in pace!

VI.

La Plebe Romana

Con che cuore mi ricondurrò nel castello di Teobaldo a cercarvi Placidia? Io penso che non saprei immaginare nonché ridire le lacrime, le smanie, lo schianto della infortunata madre allorché si trovò divisa dall'unica figlia.

– Oh Santa Maria che siete nei cieli! (Pregava colle mani giunte tra il pianto ed i singhiozzi non appena la trafitta le lasciò un istante di tregua). Degnate di ascoltare la prece di una infelicissima donna. Io aveva una vispa figliuola che amavo più di me medesima, e che doveva raddolcire gli anni della mia vecchiezza. Dessa mi fu tolta da un malvagio; ma deh, ve ne scongiuro supplichevolmente prostrata innanzi al nome vostro, fate la mi sia restituita incontaminata, salva e rigogliosa, o io morirò dal crepacuore. Voi che sapeste per durissima prova quali sieno le viscere di una madre, implorate per me meschina presso il vostro Gesù. Deh rendetemi, rendetemi la mia figliuola...

In mezzo a tanta ambascia non sa a che miglior partito appigliarsi. Raccolse quante dicerie poté intorno al dolorosissimo caso, ma non per questo ebbe sentore in quali mani fosse caduta la sua Graziana. Il maestro di casa, se vi ricorda, fra gli altri quegli che aveva figurato di più in quel garbuglio, non sapeva dir nulla, e ancora trafelato si sbracciava a rappresentare al vivo la bella paura che aveva avuto, il coraggio, diceva egli, con cui tentò scampare la signorina e cent'altre cose, le quali noi sappiamo quanto fossero veritiere. Tutti i famigli della casa furono in movimento a correre la campagna; basti il dire che ingegno di madre non fu mai tanto fecondo nel trovare provvedimenti. Infine ella mandò cercando anche di Crispo dal quale sperava avere più minuta contezza.

Quel giorno istesso Placidia, appoggiata al parapetto del verone com'era avvezza, vacillava in tetri pensieri: a' suoi occhi dispiegavasi meravigliosa la scena: le nuvolette che tingono i lembi di un color rosato, qua e là spinte per lo cielo da vento leggero, annunziano vicina la sera: stormi di passere trascorrono di gran volo al disopra le torri del castello; sparpagliandosi veloci nell'aria innalzano nella loro pispilloria un inno al Creatore; i colli ed il piano, le macchie ed il riarso letto dei torrenti indorati a brevi tratti dal sole, il quale dall'estrema falda dardeggiava gli ultimi raggi sulla terra quasi gli gravasse di lasciarla nell'ombra: l'amante così dopo aver abbracciato la ganza si rivolge da lungi a dirle un'altra volta addio. Placidia, inconscia, era signoreggiata da quello spettacolo, quando vennele detto il suo vassallo Crispo chiedere d'accontarsi con lei.

Un momento dopo le fu condotto innanzi il giovine figlio di Tito.

– In che può tornar utile un miserissimo servo alla sua castellana? – parlò Crispo il primo, dopo averle renduto ossequio.

– Figliuolo, rispondeva Placidia invitando amichevolmente il giovine ad inoltrare, confessami, come se fossi ai piedi di Domeneddio, ciò che sai sull'accaduto.

Crispo le raccontò tutto ciò che a lui riguardava di quella scena, nulla tacendo; ma appena accadde di toccare di suo padre, fu preso da subita angoscia e dovette prorompere in pianto.

– E la mia madre? – riprendeva il garzoncello singhiozzando, disgraziata vecchia! La non sa darsi pace, vederselo lì bell'e morto d'una stilettata, senza avergli potuto nemmeno chiuder gli occhi.

– Crispo – prese a dire la matrona, sburratogli dapprima qualche parola di conforto – tu sei quello della nostra gente il qual più spesso vada laggiù a Roma; dunque avendoci maggior pratica arriverai più presto. Piglia su il miglior corridore della stalla, fallo insellare, e poi torna disopra ch'io ti darò un foglio che consegnerai al prefetto imperiale.

Così fece: ritornò su da madonna la quale porgendo una pergamena lo licenziò ripetendo lui più d'una volta: – Bada che mi fido di te, fa presto e torna subito colla risposta.

Crispo rispose che farebbe. – Fu immantinente nel cortile; balzò in sella, passò il portone del castello, smontò pian piano la costa, e messosi ove il calle era abbastanza facile, allentò le briglie e via di galoppo.

Non aveva fatto mezz'ora di cammino che uno strano inciampo viene ad infastidirlo; di repente il cavallo ricalcitra, e s'intestardisce nel non voler proseguire. Crispo, dopo averlo invano stuzzicato, scorge, al barlume dei fuochi fatui vagolanti a fior di terra, un corpo umano giacer sdraione in sul passo; scavalca, ma ad onta delle scialbe fiammelle c'è un buio d'inferno che gli permette a mala pena l'uso della vista, scioglie l'individuo dalla cappa e trova essere una donna, anzi non tarda a riconoscere in lei la strega Lucrezia.

Il giovine cavallaro diede tre passi indietro; il primo suo pensiero fu di ribrezzo, il secondo di spavento nel trovarsi soletto con quell'essere misterioso: – non ebbe tempo di sentire pietà.

– Che diamine avrà questa maliarda? Per me non mi dà il cuore di starmi qui vicino a lei di queste ore. – Ma un benefico lampo di carità gli fece cangiar d'avviso; presegli

81

rossore di quella debolezzaccia, e facendosi animo levolla di peso affine di accomodarla su una zolla meglio acconcia.

In che modo si trovava là semimorta? L'amor del prossimo prevalse alla codarda ripugnanza, e studiò di richiamarla ai sensi. Né le cure di Crispo tornarono vane: la vecchia in poco d'ora riavutasi alzavasi in piè, e conosciuto l'uomo ringraziavanelo.

– Sei tu, ragazzo? Il cielo ti benedica. Oh se l'avvoltoio non avesse ghermita la rondinella, come potrei rimunerarti. – Ma tosto volgendo quel tuono patetico nel suo entusiastico linguaggio, – Ehi, dico, martorello, non vedesti il destriero che dovrà portarmi da quel mostro? – e toccava via parlando e parlando, mentre a Crispo, che non sapeva con cui se la prendesse tanto calda, né a chi imprecasse, tremavano sotto le gambe dalla paura.

– Tò, che bel negozio ho fatto io; gettare il tempo e la fatica per salvare costei, e poi? E poi la si scatena qui come se la mi voglia ingoiar vivo. Oh, me poveretto! L'abbia proprio con me la stregona?

In questo mezzo Lucrezia addocchiava la sua umile cavalcatura, la quale quantunque a' suoi sguardi prendesse la forma di un animoso destriero, era niente più che un ciuco, il quale alleggerite che ebbe le spalle dall'incomodo peso, erasi dato a pasturare pei campi.

Lucrezia, presolo per le redini e tirandoselo dietro colla gioia di Rinaldo che ritrova il fatato Baiardo, accostassi al donzello, il quale inforcata la sella del suo corridore ripeteva fra se e sé: – Chi non ha cervello abbia gambe – e stava per andarsene; afferrollo per un braccio facendogli in cera due occhiacci che malgrado l'oscurità della notte scintillavano di torba luce, ed a mezza voce, quasi fosse in sospetto di essere da altri ascoltata:

– Sentisti, o Crispo, di quel cane che tradiva te, tuo padre, la tua signora? Ebbene, osserva questa lama come brilla (e gli mostrava uno stiletto), io stessa la pianterò in quel cuore di tigre. Sì, che vive; io l'ho veduto, e frugherò, frugherò tanto, che mi dovrà capitare.

Crispo non aveva tanta levatura da distinguere quando la vecchia parlasse da mentecatta e quando qualche lucido intervallo lasciassele pressoché intero l'uso della ragione: ondeché, stimando la volesse operar qualche sortilegio, si dimenava affine di svincolarsi, e non finiva più dal masticare paternostri sottovoce.

Ma la donna accortasi sclamava stringendolo viemmaggiormente:

– Pusillanime, di che tremi? Sei anche tu stolto al par de' tuoi compagni da credermi qualche ente soprannaturale? Vergognati, o tanghero impastato di fango e di superstizione. Ora ascolta un'ultima mia parola e poi vattene alla malora. Tu t'affatichi per la tua bella signorina; io so ove l'ha condotta il Romano; a quest'ora è accovacciata in quell'antro impenetrabile, e se le ha posto i piedi, tu e chicchesia della tua razza avrà da fare per mettervi le corna.

Qui non poté proseguire dello stesso tenore, e si abbandonando ad un tripudio disamabile e bieco, smascellò di una sconcia risata, poi montava sul suo somarino, e menandogli sulle orecchie per dritto e per rovescio un randello che teneva fra le mani, lo persuadeva a camminare.

Crispo stette lì trasecolando ad osservare, e allorché la Lucrezia fu di tanto dilungata da giungergli appena la voce di lei perdentesi fra la landa negra, tirò innanzi pel suo viaggio più disgustato che mai e giurando in cuor suo colei s'avesse in corpo una buona porzione d'inferno.

Lasciamo in buon'ora quella grossa pasta di un Crispo, e saltando a piè pari precorriamolo nel suo cammino per farci addirittura nel cuore di Roma.

La reggia dei Cesari si dilata con istupenda arditezza di architettura dal Celio al Palatino: inanimato fantasma, ha assistito al declinare della potenza Latina, ora da due secoli e più, abbandonata in solitudine muta, guata dall'alto dei colli la funesta catastrofe.

Ma perché oggi fu rotto quel silenzio a cui pareva condannata per sempre?

Una notizia giunta di fresco nella città annunziava al Senato ed al popolo Romano come Foca, il *vittoriosissimo* imperador d'Oriente, fosse stato da Eraclio sbaragliato, preso e dato alle fiamme.

E sì prorompente era l'ira verso quel tiranno stupido ed efferato, che allo spargersi di tale novella sgorgò un fremito di vendetta la quale doveva necessariamente condensarsi sulle insegne rappresentanti l'esecrando personaggio. Infatti sollevossi il popolo tutto quanto, e invase a torrenti per gli sbocchi delle vie circonvicine lo spiano dinanzi a quella reliquia dell'antico impero, fra le cui mura pompeggiava la statua del vinto Cesare.

Un'onda schiamazzante di ciurmaglia l'investe da ogni parte, era un tramestio scapigliatamente bizzarro d'ogni sorta persone cui una causa comune aizzava a rimescolarsi colà. Schiavi, pitocchi, cantambanchi, bordellieri e briganti, soldati, vagabondi, stummia di volgo e sbravazzoni d'ogni fatta, s'avvolgevano, strepitavano, abburattavansi imperversando con grida, fischiate, urla, improperi, bestemmie, formanti un rombazzo sì sbardellato, che sarebbesi detto tutta la popolaglia della vetusta metropoli si fosse versata su quella piazza e l'agitasse lo spirito irrequieto, turbolento, feroce della plebe romana di qualche secolo innanzi.

Le case attigue hanno sbarrate le porte temendone danno, e i loro abitatori, per paura tremanti, spiano dal di dentro quell'inaudito scompiglio: le madri supplichevoli pregano i figli a rimanere tranquilli; ma i più arrischiati, vaghi di avventure, si gettano coll'armi in pugno dall'ostello e si mischiano alla folla che tuttavia ingrossando stringe minacciosamente.

I nuovi accorrenti aggiungonsi agli accozzati, già padroni del campo, e fanno eco ai primi venuti, i quali danno dentro per iscassinare le imposte che serrano il portone del palazzo.

La è il nerbo della sommossa; quindi un fastidioso polverio, una faccenda di chi lavorava a forza di mazze, di chi voleva farsi largo a furia di urti e di spintoni, di chi arringando consigliava la moltitudine; di chi strillava a quanto loro usciva dalla gola proprio pel gusto matto di far baccano; un mareggio, una ressa, un interrogare senza attender risposta; un premersi, un risospingersi sfacciatamente ringhioso di quelli incocciati a penetrare per dar mano all'opera e di quelli che all'incontro arrabbattavansi a portar fuori sane le spalle dalla stretta; gemiti di malmenati misti a guai di femminelle sberteggiate, le quali da leggerezza o malignità travolte nella serra, stavano con tanta fortuna quanto un vate estemporaneo fra un branco di matematici.

Fra tanto caos di gente, erano molti, e di questi non è perduta la razza, che non sapevano nemmeno per sogno cosa si trattasse di fare, di cotali ce n'era uno proprio dov'è la calca più insatanassita, il quale con una vociaccia da taverna così interrogava un suo vicino:

– Ohe, gladiatore, cos'è sto negozio? Che a tutta Roma sia saltato il grillo di vernir qui a sfarfallare? Il diavolo la porti.

– Sei tu, Accio? – rispose l'interrogato, un giovinotto a gran pezza più alto e più poderoso di corpo di quanti lo contornavano, sicché erasi buscato quel soprannome.

– Che? Non sai la gran novità della giornata?

– No davvero.

– Quell'anticristo coperto d'oro e di porpora che comandava a bacchetta laggiù nella reggia di Costantinopoli, ha pensato bene di tirare le cuoia.

– Non bestemmiare, sacrilego; non sai che desso ha il nimbo in testa come i santi?

– L'abito non fa il monaco; proverbio vecchio – scappò a dire un terzo; è il nostro amico Godelberto, il quale aveva appena finito una brillante allocuzione coronata da una salva di sghignazzi e di battimani, benché secondo il solito non avesse convinto nessuno.

– E noi, da buoni cristiani, gli facciamo i funerali, aggiunse un altro.

– Come, come... e chi ne è il successore?

– Un non so che di greco. Per Giove Tonante, ora non me lo rammento, rispose il gigante.

– Chi è? Chi é? Chi è? – sorse da ogni banda.

– Eraclio, gridò tuonando una voce.

– Viva Eraclio! Viva Eraclio! – si udì ripetere dalla moltitudine.

Altri cornacchiavano il seguente dialogo, se pure con tal nome si poteva chiamare quel gridio; gridio che propagandosi all'ingiro scoppiò in un mugghio solo, in cui confondevansi i più svariati commenti che uscissero mai da cervel balzano.

– Affeddidio, noi d'occidente saremo sempre condannati ad essere lo zimbello della Grecia. Uh! Nostra infamia!

– Oh bella! Che vuol dire questa prepotenza?

– Non c'è Grecia che tenga; non era essa una delle nostre province?

– O Roma, Roma! Tu non sei più la Roma dei Cesari.

– Fossero ancora i bei giorni in cui anche noi qui dell'Italia avevamo almeno un Augusto, allora si godeva la bazza.

– Bene! E si sguazzava allegramente nel grano dell'Affrica nostra.

– Sì davvero; i nostri nonni pappavano a macca.

– E godevano dei bravi spettacoli al circo, dove pantere e lioni a millanta sbranavansi sotto i loro occhi.

– Che cuccagna per il popolo romano!

– Allora si poteva proprio dire di esser nato vestito.

– Una volta qui si comandava e gli altri, sapete, n'avevano di grazia ad ubbidire; adesso, misericordia! È cambiata la scena.

– È vero, è cambiata la scena, ma è tempo di finirla.

– Sì finiamola con queste bindolerie. Chi siamo noi? Gente da strapazzo?

– Tocca a noi a farci giustizia.

– Viva dunque i Cesari.

– Abbasso, abbasso...

– Viva, viva, viva!...

– Evviva! Noi vogliamo un Cesare Augusto.

– Viva, abbasso, Cesare, Oriente, Roma, Augusto, finiamola, dalli, dalli, morte, morte, morte!...

E grida tu che grido anch' io, gridarono tanto e poi tanto da uscirne un suono prolungato e tremendo che si avrebbe potuto paragonare allo sfracellarsi dei marosi frementi per fiera burrasca. E Dio sa fin quando eglino avrebbero strillato, se a soverchiare quella babilonia di imprecazioni non rompeva un assordante conquasso. I più operosi fra i popolani sono riusciti a sfondare la porta, adito allo interno della reggia.

Non avete mai veduto una riviera gonfiata per subitanee piogge, travolgere impetuosa fra il vortice della corrente, le masserizie del contadino siccome a trofei dei guasti menati sulle casipole del villaggio? Immaginatevi tal fosse il furore con cui quell'ebbra canaglia, lasciato ogni freno, lanciossi nell'aperto varco: e qui la scena da pazzesca si fa oscenamente sanguinosa. La smania con cui la folla incalzante si addensa per penetrare nel palazzo è tale, che parecchi presi in mezzo e schiacciati con durezza, vanno colle ossa stritolate. Ma l'uomo in certi momenti vincerebbe in ferocia la tigre; epperò tanto orribile spettacolo si protrae finché quegli spiritati non abbiano oltrepassato la breccia; il fracasso, il rovinio cresce a cento doppi, ed alle voci di prima si uniscono quelle della disperazione.

In un lampo l'interno dell'edilizio venne per lungo e per largo inondato da un nugolo di furfantoni e rompicolli, i quali lo scorrevano ladroneggiando e mettendolo a soqquadro, come una oste nemica in una rocca, cui il generale abbia permesso il saccheggio. Pervenuti che furono i forsennati nel magnifico atrio in cui innalzavasi la statua del defunto imperadore, otto anni prima trionfalmente collocata tra quelle di Costantino il Grande e di Teodosio, forse da quegli stessi individui che adesso andavano per rovinarla, tutti furonle intorno prorompendo in assai sozze villanie e in pari tempo gli scagliarono addosso coi randelli e coi picconi botte sì orbe, che il nobile marmo andò fracassato in millantamila frantumi.

Così è fatta la plebe. Oggi si crea un idolo; ma il dì appresso se il vitello d'oro per istracco più non incensa, essa, cupida di adulazioni al par dei potenti, gli volge il tergo e lo trascina a strapazzo nel fango colla foga con cui lo innalzava imprima sulle braccia a celebrarne l'apoteosi. È sempre la stessa.

E stava per venire il buono, se a calmare quel diavolezzo non fosse intervenuto un potentissimo pacificatore. All'estremo della piazza è comparso Bonifacio IV rivestito della clamide sacerdotale, tralucente per tutta la pompa della sacra corte: maestà di sommo pontefice non si mostrò giammai così sovrana. La testa di lui canuta e veneranda soprasta al gregge del popolo e sembra imponga rispetto e divozione, mentre il moto uniforme delle labbra indicano che egli dice parole di preghiera, di consiglio, di comando: alloraché alza il braccio fulminante in segno di croce, il fremito si attuta: anzi, mano a mano che l'augusto corteggio inoltra, le turbe compunte piegano a terra il ginocchio, chinano la fronte non osando sostenere lo sguardo del vescovo di Roma.

Taluni, insofferenti di consiglio, non vogliono tregua, e bravando minacciano, cosicché gli uni si rovesciano sugli altri con trambusto più fiero di prima. Per breve tempo, imperciocché il papa, attraversata a stento la calca, si pianta sulla soglia del palagio, fortezza ai meglio infelloniti, da dove benedicendo a destra ed a mancina implora solennemente la pace ed il perdono.

Quantunque fra il religioso ravvedersi dei più risuonino ancora le bestemmie, pure il sentimento della pietà ridestato in buon punto la vinse. La quiete si andò ristabilendo, cessò la ruffa raffa: la gente come esorcizzata rientrò in sé, e capì che il mettersi in que' tafferugli così alla carlona era cosa da matti.

Crispo entrava in Roma in quel frangente che l'obbligava di ritardare fino all'indomani a dar compimento alla imbasciata.

VII.

La Villa

La villa di Quinto Gordiano era situata alla riva del mare, lunghesso quel tratto di lido che corre fra Ostia e Terracina, più vicina di questa che di quella e non guari discosto dal luogo ove è ancora ai dì nostri più d'un palazzo a campestre diporto delle romane famiglie.

Il Creatore aveva meravigliosamente abbellito quella riviera di dilizie sovrane; una fascia azzurrina di mari la cingono con un amplesso infinito, e le spume gementi ne baciano senza posa le arene e gli scogli come innamorato garzone col primo bacio di amore le labbra di vergine. Gli aliti delle spiagge incantate sono pregne di ambrosia: la bellezza rifulge sulla fronte delle sue figliuole, e al tramonto del dì, mentre dal Capo Miseno al golfo di Porto Venere il ciclo si dipinge stupendamente dei colori dell'iride, ancora svolazza tra l'aria e la terra arcana una eco dei ritmi latini.

Due ale dell'edifizio a guisa di terrazzo sporgevano nell'acqua, mentre dal corpo di mezzo una larga scalinata di marmo scendeva magnificamente fino ad esser carezzata dall'onda del mare. Sull'ultimo scaglione l'azzimato Senatore stava in manifesta impazienza; di tratto in tratto lasciava sfuggire parole di corruccio; poi raccogliendo i raggi colle palme intorno agli occhi guardava una galea che, sebbene ancor lontana molto, dava segno di navigare verso la villa. Il vento non era veloce come la smania che lo divorava, ed annottava che il legno era ancora veleggiante. Ridottosi in una sala terrena, si pose a passeggiare di su e di giù a gran passi finché comparve uno schiavo *cubiculario* a nunziargli l'arrivo dell'aspettato convoglio.

— E la nobile Graziarla dov'è?

— Illustrissimo, nel quartiere a lei destinato secondo gli ordini di vostra serenità.

— Ben fatto; ora vattene e ricorda in nome mio alle ancelle che la signora deve essere trattata sfarzosamente. — Ed era tanta l'allegrezza per l'ottimo esito della impresa, che si curava punto di informarsi del come fosse andata la faccenda; ma poi riflettendo:

— E Genserico che fa egli?

— Mi incaricava di dirvi, — rispondeva lo schiavo, — ch'esso recavasi a Roma per isbrigare affari pressantissimi adempiendo sempre ai voleri di vostra serenità.

A Graziana veniva offerto un gentilesco appartamento; più d'un'ancella le si affaticava intorno a prestarle officiosi servigi; ma essa non appena trovò parole pregò la lasciassero in pace. Affranta dai disagi del viaggio, sola che fu si coricò languidamente su un giaciglio: in quel punto provava tale uno sfinimento da esserne tramortita. Aveva livide le gote, le lunghissime trecce snodate erranti sul collo e sul seno; e quando le ancelle ritornarono da lei tanto le toccava la disperata desolazione di cui era tinto quel volto angelico, che si posero a confortarla con accorata sollecitudine.

— Chi mi toglie dalle braccia materne? — mormorò con voce di pianto la sfortunata giovinetta — nessuno ardì rispondere.

La dimane Gordiano appena desto chiese novelle di Graziana: in sentendole migliori d'assai sorrise di ghigno nefando e si dispose a farle una visita.

La fanciulla era in piedi, e per verità un cotal poco ricreata. Si fece ad una finestra d'onde spaziava nei cerulei campi del cielo e del mare: un'auretta molle, rugiadosa, tiepida, imbalsamata, aleggiando increspava lievemente la superficie delle acque. Inebbriata assorbiva quell'aria purissima, quando le fu annunciato colui che aspirava alla benevolenza di lei.

A quel nome di fatale celebrità, pronunciato per la prima volta dopo il suo ratto, rabbrividì; una mano gelata le serrò il cuore.

Intanto Gordiano tutto raggiante della persona le stava già presso, e le parole gli fluivano mellifue dalle labbra.

– Egregia zitella, io sono un colpevole che intercede perdono; non dovrei avere nemmanco il coraggio di recarmi innanzi a voi; ma se sapeste la fiamma che consuma il mio cuore!

– Senatore, – rispose dignitosamente la fanciulla d'un fare tra ironico ed altiero a lei proprio qualora trattasse con persone nuove – Senatore, in verità voi avete operato da vile qual siete stendendo le mani su una giovine imbelle; eppure avete coraggio di venirmi innanzi e favellarmi d'amore.

– Oh, adorabile Graziana, voi dunque non avrete pietà di me? Deh movetevi a compassione.

– Vergognatevi, o Senatore; non sapete ch'io sono la figlia di Teobaldo? Vi prego di rammentarlo.

– Eccomi ai vostri piedi, nobilissima Graziana – e poneva un ginocchio a terra – voi siate la mia signora, la mia regina, la padrona d'ogni mio tesoro, ma volgetemi uno sguardo di affetto.

– Io vi disprezzo quanto so sprezzar uomo.

Allora Gordiano cominciò ad impazientire, indarno cercava di ricomporre la bocca al sorriso, le parole a dolcezza, e faceva un passo per avvicinarsele. Graziana appoggiando la mano sul dorsale di una seggiola e colla destra facendo atto di respingerlo con ribrezzo:

– Non fate un passo, il vostro alito mi ammorba.

L'accento tremebondo ma disimpacciato con cui la fanciulla profferì queste ultime parole, fece ammutolire il patrizio che, non avvezzo a quel tuono, ne rimase sgombinato.

– Sarete voi eternamente crudele, o vezzosa zitella? Voi mi abborrite, ma io vi amerò sempre più, e in miglior momento forse me ne terrete conto, non è egli vero? – S'inchinò ed uscì.

Egli partiva più irritato che mai; la indeclinabile fermezza della giovine avevagli cresciuto l'un cento il ruzzo di farla sua, e meditava l'esecuzione delle sue diaboliche macchinazioni.

Il giorno dopo tale dialogo passò per Graziana penosamente cattivello: non vide, non parlò con altri che colle serventi attente ognora a compiacere lei di tutto ciò potesse dilettarle, e di vero non chiedeva altro che di rimanere sola o colla compagna del suo pellegrinaggio. La pregarono volesse il manco il manco discendere a ricrearsi con esso loro nei festanti giardini; le fecero apprestare squisiti manicheretti, frutta appena colte, ogni maniera bevande; ella ne le ringraziò con donnesca amorevolezza implorando ancora lasciassero tranquilla.

Una volta, mentre trepidando presentiva una seconda visita di Gordiano, udì da lungi una voce che lene lene scendevale al cuore; si affacciò alla finestra che dava sul mare, tenne il fiato; era profondo silenzio.

– Mi sono ingannata, – disse fra sé scoraggiatissima: ma la voce dopo breve intervallo riprende con maggior forza: allora aguzza le ciglia e vede spuntare dal vicino promontorio una barchetta e prendere il largo – è zeppa di pescatori. Dio buono, le pare e non le pare, dubita di sé medesima; poi si rassicura di conoscere colui che cantarellava.

– Oh me beata! son io desta o traveggo?

Era di quelle cantilene piene di affetto, di brio, di amore, quali la perenne festività di questa plaga può solo ispirare a' figli prediletti, e par l'eco di tanta fantasia di cielo, di mari, di golfi, di costiere, di valli, di piani, di selvose colline, di acque da lontano sonanti, di pascoli, di oliveti, di laghi cilestrini, di isolette, di vulcani, infine di tutta quella lussureggiante verzura di cui come di splendido peplo si ammanta la terra italica.

La dolorosa sollevò l'animo a migliori speranze, benché la canzoncina si fosse già perduta nel mare lontanamente. Per tutto quel dì non venne molestata: le allestirono prelibati cibi, però ella non prese che il necessario per sostentarsi, ed appena fu notte, congedate le ancelle si coricò.

Cupe visioni le frastornavano il conforto del sonno. Era in una landa lunga lunga, non un albero, non una capanna, non un filo d'erba; solamente una croce sul fondo: una croce che in quello immenso spazio appena si discerneva. E lei, soletta in quella landa spaventosa, stentava per raggiungere la croce, e camminava, camminava, povera e derelitta; ma la croce era sempre là, lontana, solitaria. Per quanto raddoppiasse di lena si trovava tuttavia a quel posto, pareva il sabbione di sotto gli sdrucciolasse via; al fine più non reggendo cadde smemorata e destossi tutta allibbita.

Un filo di giorno penetrava appena traverso le cortine; si levò ed aperse una finestra. Lieta era l'alba; il cielo limpido e trasparente si specchia nella marina spianata che ne ripete le tinte; la spera del sole appena sorto lambe l'ultima striscia di mare quasi galleggi, e cielo ed acqua si confondono in un oceano di luce che abbaglia la vista; ma il tesoro della natura pare uno scherno feroce nei dì dell'afflizione. E ingrata impressione provò la tapina; i suoi occhi corsero tosto verso il promontorio d'onde aveva veduto spiccarsi il sospirato navicello; guardò lunga ora con ansietà; sempre invano. Trascorse gran parte della mattina senza che togliesse l'attenzione da quello scoglio. Quando volle il cielo udì il canto d'ieri; sorrise e pianse nello stesso tempo e stette aspettando. Non tardò molto il palischermo a farsi vedere carico di pescatori, e questa volta invece di spingersi in alto mare drizza la prora marina marina verso la villa, e quando è un trar d'arco vicino si ferma per istendere le reti.

Graziana non capiva più in sé dalla gioia nel raffigurare sotto quegli abiti il suo Silvio circondato da persone a lei note; né sapendo frenarsi sventolava le bende e tendeva le braccia in segno di grandissima festa. Silvio però rispose con cautela come volesse significarle di starsene zitta e di non farsi scorgere. Allora uno de' suoi trae un arco, fa cenno alla fanciulla di sgombrare dal vano della finestra, e colta la mira scocca una freccia. Lo strale penetra volando nella camera e va a configgersi nella impalcatura in maniera che la miserella non arriva a spiccarnelo.

Tenta inutilmente ogni prova, non gli è fattibile. Indispettita ritorna alla finestra, ma lo schifo erasi con tanta velocità allontanato da sembrare un punto nero fra l'ampiezza del mare. Che fa ella? A qual consiglio appigliarsi? Immaginatevi che martirio fosse quello della prigioniera nel veder lì presso il mezzo di scampare per avventura da tanti guai e non poter valersene. Il solo spediente che trovò fu di accavallare due sgabelli uno sull'altro sovresso il letto, formarne un palco e salirvi: stette un attimo in forse tra il temporeggiare e il gettarsi a quella impresa invero alquanto arrischiata; ma la smania di sapere il segreto, e il dubbio che sorvegnendo Gordiano non s'addasse della cosa, fecero sì che deliberò di appigliarsi al primo partito.

Si mise dunque palpitando all'opra, e quando le sembrò l'edificio abbastanza assicurato s'accinse ad arrampicarvisi – riesce, si rizza sulle punte dei piedi, allunga il braccio per ghermire il dardo; l'ha ghermito e fa forza per isvellerlo colle esili dita... ma stridono le imposte sui cardini, e villanamente s'inoltra il procace Gordiano. Il cigolio, il rumore dei passi suonarono in modo orribile nel cuore di lei; si tenne spacciata, un velo le converse gli occhi, e fu per cader riversa dal palco come cosa inanimata. D'un salto il Senatore accorse a raccorglierla nelle proprie braccia, che se non era lui avrebbe battuto sul pavimento. La acconciò sul letto e spruzzavale il volto con acqua olezzante. Bisogna confessare che nella innocenza infelice sia una aureola occulta che uno, per quantunque faccia bottega di ribalderie, pena a calpestare: fu quella sovrana potenza che conquise Gordiano. Stette lì alcuni minuti come smemorato, irresoluto, e per questa volta la causa del debole la vinse; serrò stizzosamente le pugna, volse le spalle e andò a chiudersi sbaldanzito nel suo appartamento.

Le ancelle gettaronsi frettolose nella stanza di Graziana. – Oh la sventurata giovinetta! Che le è mai accaduto? – Sclamarono a vedere quel guazzabuglio nella camera e la meschina priva di sensi sul letto. Non è a dire con quanta cura le si misero attorno; ella non tardò a risvegliarsi; aperse gli occhi e girandoli esterefatta e dimentica di quello fosse accaduto:

– Dove m'avete portata, perché tanta gente?

– Non è nulla, signorina, rispondevano sogguardandola con amore. Via, la si faccia coraggio, che non è stato niente di male.

Comeché non l'avesse toccata contusione di sorta, pure fu per modo abbattuta che dovette rimaner quieta tutto quel giorno. Quinto Gordiano, sotto colore di mandarle un suo schiavo dotto in medicina a visitarla, fece raccogliere la freccia ficcata nella travatura; trovò una cartolina appiccicata all'asticciuola per una cordicella, la staccò, la lesse – era vergata col sangue ed in una certa tal lingua latina cotanto maledetta, che si avrebbe pensato molto bene non essere quello l'idioma di Sallustio e di Cicerone.

– Qual furia d'averno avrà scritto questi caratteri? E perché non è qui Genserico? A quest'ora dovrebbe essere tornato le mille volte. La folgore di Giove mi incenerisca se non riesco a sconfondere quei briganti che vorrebbero prendersi giuoco di me. – E qui scagliando una filza di bestemmie a tutti gli dei dell'Olimpo, radunò i suoi fedeli cagnotti: espose loro come fosse passata la cosa; disse che nei dintorni persone deliberate di involargli la prigioniera congiuravano a' suoi danni, e gli eccitò a trovare il bandolo della matassa. Ad altri ordinò di recarsi a Roma in traccia di Genserico. Di più volle prima di sera fosse trasportata la figlia di Teobaldo in un appartamento posto nel centro del palazzo, il quale metteva in un angusto cortiletto d'ogni parte spiato.

Pensate come stesse la disgraziata fanciulla ridotta in tal luogo, fuori della possibilità di avere comunicazione co' suoi amici, nei quali riponeva l'unica speranza.

Al domani di quegli avvenimenti, Silvio coi compagni nella solita navetta era al sito convenuto; ma poteva aspettare un bel pezzo. Passò un'ora, ne passarono due, e la Graziana non si vedeva, anzi le finestre occupate da lei erano chiuse come non abitasse anima viva.

– Che domine può essere questa novità? – saltò su Silvio quasi disperando di non vederla più per quel giorno.

– La sia malata?

– No, – entrò a dire un terzo; – mi pare che almeno un po' di luce la dovrebbe avere anche malata.

– E poi si sarebbe sforzata a portarsi un istante alla finestra per darci una risposta.

– Non abbia trovato modo di scrivere.

– Fosse anche un segno, un cenno bastava.

– Ohimè, – ripigliava Silvio, – il cuore mi dice che le è accaduto qualche sinistro. Certo la è così.

Ronzarono per tutto il dì innanzi la villa, ma lei non videro. Quando il sole fu per rituffarsi nel mare, se ne tornarono ai loro alloggiamenti, mogi mogi come chi ha d'un tratto perduto una speranza da tanto tempo vagheggiata. Se l'avvenuto disanimò in sulle prime la baldanzosa confraternita, quello scoraggiamento fu breve, perocché ad alcuni istanti di silenzio tenne dietro ben presto un cicaleccio che mai il maggiore. Quanti erano gli individui, tante furono le congetture, tante furono le opinioni, i pareri, i consigli, i ripieghi. Faceva d'uopo penetrare ad ogni costo nel chiuso palazzo e vedere un po' che cosa si facesse di bello. Ma come introdursi là dentro? A questa obbiezione per semplice non trovarono risposta.

– A me, – prese a dire l'oratore dopo aver pensato alquanto, – lasciate fare a me, ed io vi caverò anche dal maggior imbroglio in cui il malanno abbia mai cacciato un cavaliere.

– Sì vivadio! Bravo l'oratore.

– Che un par mio non sappia all'occasione cantare al suon della cetera le avventure di Alboino e di Rosmunda: un cantastorie trova sempre spalancate le porte dei ricchi. Di tal maniera eccoci impiantati nel cuore del palazzo di Gordiano.

L'oratore, il più accorto giovinotto ed il più ingegnoso della Gildonia, avea passato anch'egli le sue. Manlio Severo (questo n'era il nome) sbalzato da Costantinopoli, dove a nessuno secondo nelle raffinatezze dei piaceri, era stato per anni uno de' più eleganti frequentatori dell'ippodromo, capitò sulle ripe della paterna Sicilia portando seco il divieto di riporre mai più il piede nella metropoli, sendoché avesse osato amoreggiare una damigella della casa imperiale. L'ostracismo tornò a suo vantaggio; egli traviato non è corrotto, ed in faccia alle storiche memorie della isola natale il suo cuore, capace di sentire potentemente, fu condotto a più severi propositi. Il novello abito però non l'ha tanto mutato che nel suo fare non brilli a momenti una vena di follia e di improntitudine, ricordo dei primitivi costumi.

Agli albori Silvio entrò nella tana ove era custodito Genserico, il quale al vedere quel personaggio si alzò ritto in piedi.

– Genserico, – cominciò Silvio, – fa di mestieri della tua cooperazione. Sei pronto al voler mio e a mantenere il tuo giuramento?

– Cosa vuoi da me?

– Tu devi introdurre me ed un mio compagno nel palazzo di Quinto Gordiano, come fossimo citaristi tuoi e suoi amici.

– Oh Santi martiri gloriosi! Come farò a persuadere quel sospettoso lurcone?

– Tocca a te pensarci. E sopra tutto bada che fai sulla tua pelle. Io ti starò sempre ai fianchi, e se ti scappasse una parola imprudente, tu primo assaggerai la punta del mio stiletto. – Poi soggiunse mezzo ridendo – Se all'incontro farai il dover tuo, saprò appenderti al balteo della tunica una borsa di soldi d'oro.

– E se al Senatore la gli montasse?

– Manco ciarle, intendesti? Un sol gesto e sei morto.

VIII.

Ultimi eventi

Silvio e l'oratore travestiti da citaristi e preceduti dal Goto incamminaronsi verso la villa di Gordiano. Ci volle tutta la eloquenza di Genserico e tutta la fede che aveva in lui il suo padrone per indurlo a ricevere que' due sconosciuti strioni. Venne l'ora della cena, e Silvio, cui non talentava punto di far ridere Gordiano, infingendosi bene stanco, aveva potuto astenersi dal banchetto, mentre l'oratore, al quale toccava di rappresentare la commedia, era stato condotto nel triclinio a tener compagnia all'illustre patrizio.

Non è a dire quanto gli dessero nel genio i pazzi racconti e le giullerie del giovine; e' non ne aveva mai sentite di più piccanti; non rifiniva di sganasciare dalle risa e di applaudirlo; e l'altro, che mangiava di voglia, si sollazzava festosamente, senza però dimenticarsi di lanciare qualche occhiatina a Genserico quasi gli volesse dire: − Ara dritto, o che saprò farti metter giudizio.

Frattanto Silvio, nell'aggirarsi fra gli andirivieni del palazzo in sulle tracce di Graziana, udì un querelarsi gememondo; si fermò sui due piedi.

− Questo è il sospiro di Graziana; qual altra creatura mortale potrebbe imitare il suo lamento?

I suoi detti pervennero fino alla gentil prigioniera, la quale, rinchiusa com'era, languiva da qualche giorno. Allora si scosse, balzò in piedi dal lettuccio sul quale giaceva insonne da molte e molte ore, e si avviò verso l'uscio per aprirlo. In quel momento di speranza dimenticavasi perfino del suo carcere; tastò l'imposta, ma l'imposta resistette all'urto della sua mano.

– Chi siete voi che avete pietà di me?

– Graziana?

– Ah sei tu! E come aprirti, amor mio, se sono rinchiusa come uno schiavo che abbia mancato al dovere!

– Fra poco le tue catene saranno spezzate.

– Per pietà parla piano; non porre a repentaglio la tua vita per salvare una fanciulla inutile sulla terra.

– Il mio partito è preso, ne vada la vita.

– No, no, non è possibile se gli è vero che m'ami.

– Sta pronta a tutto.

Silvio, senz'altro aggiungere, si tolse di là per non dar sospetti; d'altronde gli pareva vicina l'ora in cui Genserico e l'oratore sarebbero venuti a rintracciarlo; infatti non tardarono molto.

– Non la poteva andarci meglio, – prese a dire l'oratore; – quel satiro è avvinazzato, e continua a vuotar tazze; gli schiavi penano a star desti; il momento è opportuno.

– A voi, Genserico.

E Genserico, ponendosi un dito alla bocca, susurrò

– Con prudenza!

Prese una lampa, e si fece a precedere i due giovani, che taciti gli tenner dietro.

Attraversarono parte del palazzo, e giunti ad un cortile appartato, riuscirono in un androne, nel cui sfondo il Goto aperse una porticina che rispondeva sul mare: era praticata quasi a fior d'acqua; cosicché ad ogni ondata gli sprazzi dei fiotti rompentisi con fragore dappiè nella scogliera, sparpagliandosi in larghissima pioggia, ne lavavano la soglia e qualunque s'affaccia. A liste tremolanti d'argento infrangevansi nel mare i raggi di una luna splendida siccome è in Italia nelle azzurre notti di estate. Quella immensità senza confini, quella solitudine queta ma non silenziosa, interrotta a ogni poco dal tonfo sordo dell'onda, tonfo che si spande incessante per l'immensurabile spazio del mare come rombo di uragano, colpì la mente dei tre personaggi. Ciascuno di essi era dominato da contrarie passioni, che, quantunque operassero d'accordo, quanto era mai diverso il motivo che li moveva! Eppure il tremito arcano che li assalì alla vista di quel sublime spettacolo fu in tutti e tre della stessa natura: fu un momento; tantosto l'incanto fu rotto, e ciascuno rientrò nella materiale necessità del presente.

– Cani poltroni! – incominciava Silvio.

– Zitto! mi sembra di vedere non so che lontano.

– Oibò! È la rupe del promontorio.

Rientrarono nel primiero silenzio. Come sono tormentosi i momenti che precedono l'esecuzione di una difficile impresa da lunga mano premeditata! Silvio era sulle brage; passeggiava, origliava: nessuno.

L'oratore rompendo ad un tratto il silenzio:

– Scerno un punto nero.

– Dove?

– Là, bada a mano destra, non vedi i remi tuffarsi e rituffarsi? Ormai non sono lungi secento passi.

– Alla buon'ora, coraggio e prontezza!

Si spinsero quanto più poterono allo infuori, e mandarono un fischio. Il navicello rispose al saluto con un altro fischio, e tutto si immerse nella rumoreggiante quiete di prima.

La barca remigando avvicinava alla porticina cui erasi fatto Silvio. Quando la punta urtò negli scogli soggetti quei che erano a terra diedero mano ad una corda che lor venne gittata dal piloto in guisa da rendere comodo l'approdo. I più svelti avevano appena guadagnata la sponda, ch'era un abbracciarsi scambievole, un bisbigliarsi di consigli, di promesse, d'incoraggiamenti.

– Animo, – diceva Silvio, – non c'è tempo da perdere; egli è briaco, e la turba schiava non saprà resistere alle nostre libere spade.

Così dicendo si slanciò innanzi pel primo, né gli altri furono da meno; l'esempio dei capi in tali casi è potentissimo. Scorrendo le gallerie, pervennero alle porte del triclinio; era ancora illuminato dalle molte facelle, al cui fiammante bagliore il Romano protraeva le cene opime, e riluccicavano sulla mensa vasi e patere d'oro e di vetro dipinto; ma la sala era deserta. Il primo pensiero di Silvio fu accorrere il più presto in cerca di Graziana, per cui non badando ad inciampo, proseguiva la sua perlustrazione. Riuscì alla porta che dava adito alla prigione di lei; spinse d'un urto potente l'imposta la credendo sbarrata, e l'imposta cedette; penetrò, frugò dappertutto: non v'era alcuno.

– Vendetta di Dio! Dov'è, dov'è la donzella?

Silvio fu per darsi alla disperazione; si cacciò le mani ne' capegli, e scomposta orrendamente la fisonomia abbandonossi ad un insano furore. Ricuperato a stenti il lume dell'intelletto, prega che prendano varie direzioni e spargansi in ogni parte del palazzo. Egli stesso, seguito da pochi, si getta dall'una all'altra stanza, finché trova porte che cedano alle sue spinte; finalmente eccone una che resiste ad ogni sforzo. Chiamò ad alta voce il nome del cuor suo e vi rispose un flebile accento: bastò per ravvivare Silvio che, fuori di sé dal contento, avrebbe voluto abbattere sull'istante il massiccio usciale e trarne fuori la prigioniera. Il guaio stava appunto nel rompere quella salda barriera; soltanto dopo un lungo pontare si riuscì a buon fine.

Graziana stava accovacciata nell'angolo più latente, tremefatta e quasi fuor dei sensi. Al vedere invadersi la camera da tanta gente si destò trasalendo; ma quando scorse fra essi la figura di Silvio, come ad un tratto riacquistasse la energia a lei consueta, se gli levò incontro e stesegli contegnosa la destra.

– Vi debbo per la seconda volta la vita.

La pressa, il tramestio facevano sì che i paladini della Gildonia non ponessero mente a ciò che dicevano i due amanti, e le parole sariano state d'amore se non si faceva sentire un suono di passi affrettati, un tintinnio di ferri. Silvio accorre, raccozza i suoi, i quali stavano discorrendola o meglio altercando fra loro.

– Alla riscossa! – gridò, – Dappochi! Il *serenissimo* ha le ossa dure e non gliele abbiamo del tutto fiaccate. Su dunque, da bravi!

Non aveva finito di dire, che una torma di schiavi guidati dallo stesso Gordiano, rompendo la schiera de' suoi, fece impeto nella stanza: così in un batter d'occhi volgesi il loro trionfo in imminente rovescio. L'intrepido giovine non ismarrì, vide non esservi che un estremo partito se voleva trar di pericolo la sua diletta, onde sbalzò lesto dov'ella era ricovrata, le fece cuore con brevi parole, e, ponendolesi a scudo, alzava sbuffante la spada.

– Chi ha cuore s'avanzi.

Tutta la banda nemica serrò addosso a lui. Graziana inginocchiata chiedeva mercé per Dio. Silvio, pochi passi più innanzi in atto di disperata difesa, saettava quella caterva con tanta veemenza, che pareva l'Arcangelo quando sbaraglia la falange dei reprobi; indietro la buffonesca personcina del padre coscritto, traballante per le soperchie libagioni, coi capegli molli di unguenti e la lorica allacciata al rovescio, girava il bieco sguardo aizzando i suoi, senza aver l'animo di darne loro l'esempio.

– Furfanti! – accontentavasi di gridare; – Che un fanciullo v'abbia a far perdere la tramontana?

Infatti quella vilissima canaglia, benché armata di. picche e di stocchi, restò magnetizzata dal piglio franco e temerario del giovine; ma al rimbrotto del loro signore svergognati, appuntarono le partigiane e rinnovarono l'assalto; Gordiano continuava:

– Schivate la ragazza! Guai se le torcete un capello! – Poi, vedendo che Silvio picchiava maledettamente: – Che Tisifone è costui! Via, stringetelo più dappresso!

Intanto l'assediato tirava giù colpi da disperato, regalando botte da degradarne un cavaliere della Tavola Rotonda.

La tenzone era troppo disuguale perché potesse durare. Silvio ferito in più parti veniva meno, il braccio non gli reggeva più; ma il coraggio poteva tanto in quell'anima indomita, che d'un ultimo sforzo si riaccende, ripiglia fiato, e rivoltosi verso Gordiano, mugola come un energumeno:

– Tu scellerato, tu almeno non la scamperai tu. – Nel punto stesso tempestando rincalza; alla subita pressa gli assalitori per prudenza allargano il giro.

– Ahi maledetto, stringetelo, stringetelo, costui ha un dio dalla sua! – Strillava coll'ansia di chi prega, il ribaldo Senatore alquanto costernato nel vedersi preso di mira.

– Te la farò pagare per tutte...

– Oimè, stringetelo quel demone, stringetelo d'appresso; non vedete che l'ha proprio con me?

Silvio raddoppiata la furia con un fendente ben misurato da spaccare il cranio a un galantuomo, fece stramazzare uno degli assalitori e cieco di rabbia si disserrava contro Gordiano. Ma desso aveva avuto il tempo di riparare dietro le schiene de' suoi sgherri e quinci li sospinse con tanto impeto di voce che rinfiammati raddoppiarono di sforzi per finire il loro avversario.

E riuscirono anche troppo presto. Silvio, quando s'accorse che nessuno giungeva a dargli aiuto, perdette ogni lena, una punta gli passando tra la gorgera e il corsaletto andò a ferirlo tra il collo ed il torace, e lo stese tramortito sul pavimento.

Graziana era caduta in isvenimento, Gordiano licenziò gli scherani imponendo loro di scorrere il palazzo e guardarne gli anditi. Rimasto solo colla fanciulla e con Silvio, che steso a terra non dava segno di vita, rabbatté l'uscio di dentro e più incapato che mai fosse, s'avanza verso la svenuta, la leva di peso e la adagia su di un giaciglio: niente di più compassionevole: il pallor delle gote, la soavità così un poco sfiorita della fisonomia, l'affanno dell'anelito, il molle abbandono arieggiava la composta e celestiale voluttà delle Madonne di Raffaello. La adagia e la guarda fiso; chi potrà salvarla dalla costui perfidia? I gemiti della fanciulla si confondono colle bestemmie dell'inferocito Gordiano... finché a fulminare quel tristo non iscoppiava un colpo che rintronò per la volta della sala, e a quello ne tenner dietro altri con tal precipizio che furono atterrate le imposte lasciando libero il varco ad una nuova invasione. A capo di tutti prorompe una viragine di fiero cipiglio, disparuta, scarna, manesca, la quale brandendo uno stiletto si avventa come iena contro Quinto Gordiano e glielo pianta nel collo quanto è lunga la lama, gridando: O figlia del mio sangue, sei vendicata!

Tenevanle dietro i partigiani di Silvio da lei rannodati.

Il Senatore stramazzò ondeggiante tra la vita e la morte: tuttavolta ebbe tanto spirito da scorgere Genserico, al quale, non mettendo più conto essergli alleato, era parso convenevole di passare apertamente nelle file nemiche.

– O Genserico, anche tu mi tradisci? – articolò Gordiano richiedendogli coll'attitudine supplichevole un ultimo confortamento.

Genserico, a cui quella voce aveva per tanti anni suonalo un comando, andò a lui:

– Illustrissimo, vegga la mano di Dio che ci castiga.

– Oh numi de' miei padri! Mi sento arsa la gola, dammi da bere, Genserico...

– Illustrissimo, pensi a' suoi peccati...

Il Senatore stava per mancare; il Goto come scosso da repentina ispirazione gli si accosta colla bocca all'orecchio e bisbiglia poche parole. Il moribondo vien preso da tremito spaventoso.

– Desso il figliuol mio? Di', Genserico, non m'inganni? Questo Silvio che feci trucidare da' miei servi è l'unica ma prole?... Ch'io ne abbraccia almanco la salma, ch'io muoia presso di lui... Oimè, la mia mente vacilla...

Genserico perturbato dalla convulsione del suo signore, lo sollevò pietosamente... era un cadavere.

Così la Gildonia fu padrona della villa. Mentre dall'una parte i confratelli raccoglievano Silvio che trovarono quasi esanime, Lucrezia (ch' era dessa la vecchia) si fece a rinvenire Graziana, e quando fu certa di averla salvata, ne esultò come di una figlia.

Silvio venne con grande cura trasportato in una camera fuori di ogni frastuono. Ei non aveva forza nemmen di parlare: spento il lampo degli occhi, il labbro contratto, inaridita la lingua, il volto cosparso da mortale pallore. Bisognava vedere con quanta compassione gli si erano affollati attorno i suoi seguaci. Fra questi Giuliano gli sorreggeva la testa, e colla persona inclinata ne esplorava il respiro.

– Vive ancora Silvio nostro, – parlò sommesso ai compagni. – Allontanatevi, ve ne scongiuro, egli ha bisogno di restar solo, il più lieve rumore recherebbegli danno.

Tutti si allontanarono e non rimase al letto che Giuliano. Si fece ad esaminare attentamente la ferita e la trovò sì grave da non lasciare speranza. Silvio non pertanto si ridestò da quel primo sfinimento, e girando attorno languido lo sguardo provava ad articolare qualche parola.

– Giuliano, Giuliano deh, per amor del cielo, prima ch'io ti lasci per sempre fa ch'io parli a Genserico... – ma per balbettare queste sillabe il ferito aveva fatto un ultimo sforzo che lo fece ricadere nello stato di prima.

Giuliano raccomandò l'amico ad un altro compagno, e uscì per cercare del Goto.

Ma come trovarlo in quel parapiglia? Egli certo sarà a quest'ora lontano di molto: no, la libidine dell'oro lo ha trattenuto. Colto il destro, aveva oltrepassata la soglia del portone quatto quatto per iscappolarsela, chiamandosi fortunato di esserne uscito, allorché gli entrò in capo un pensiero. – Gordiano, – disse fra sé, – aveva quinci della grazia di Dio, non potrei io levarne un pochetto? – All'immaginarsi il luccicare di quel metallo il cui affascinante splendore sconvolge il cervello degli uomini, Genserico andò in visibilio, ricalcò la strada fatta e cacciossi fra i corritoi del palazzo.

E appunto in una di queste giravolte si scontrò muso a muso con Giuliano il quale, al lume di un tizzone acceso, frugava per tutto affine di aggraffarlo. Tentò egli di scantonarsela, ma non fu possibile. Giuliano, più svelto di lui, gli fu addosso e lo guidò al letto di Silvio.

Questi era di nuovo rinvenuto e si era fatto alquanto sereno: era la calma che precede l'ultima dipartita. Sulla smorta faccia brillò quasi un sorriso di gioia nel guatare il viso abbronzito del Goto, il quale di quell'ora, al lugubre chiarore diffuso dalle fiaccole pareva il genio della morte ivi balzato quasi per ricevere l'estremo anelito del morente. Giuliano e qualche altro dei più fidati stavano intorno aggruppati, né sapevano frenare le lagrime. Silvio, dissi, parve si rianimasse alla vista di quel personaggio; fece un moto come per rialzare la testa e levò la destra invitando Genserico a parlare; questi senza scomporsi, colla sua agghiacciata indifferenza faceva segno agli altri il lasciassero solo, e a voce bassa incominciò:

– Eccomi, o giovine, a soddisfare al mio giuramento; ora posso aprirti il nome del padre tuo, tanto più che ti leggo in volto non hai abbastanza fiato per ripeterlo.

Parlava indarno: Silvio non l'ascoltava; lasciò cadersi il braccio, chinò il capo dall'opposta banda: era spirato senza sapere il nome di suo padre...

– Venite che è morto – disse allora Genserico, e la brigata, la quale sebbene a male in cuore pure si era ritirata nella attigua sala, accorse e circondò la salma del morto.

– Oh Cristo Santo, abbiate pietà dell'anima sua! – e diedero in un grido cotale che avrebbe straziato il cuore a chichefosse.

Genserico conosceva troppo bene quanto fosse odiato per rimanersi colà neghittosamente; approfittò di quel primo scompiglio in cui lo avevano dimenticato; esplorò le porte; erano custodite; aperse una finestra che dava sul mare, svestì l'abito, e scavalcato il parapetto si precipitò: nessuno se ne accorse finché non giunse al loro orecchio il tonfo del corpo tuffatosi nell'acqua. In quell'istante non ebbero tempo di occuparsi di lui: ad ogni altra riflessione era subentrato lo sconforto che lascia una vittoria riportata a carissimo prezzo, e ciascuno di loro raccolto in sé smarrivasi nel dubbioso avvenire... Ma improvviso uno squillo del corno annunzia l'arrivo d'un socio della Gildonia. É Godelberto, messaggero degli eventi di Roma; a quei fatti eglino si raccendono, sfoderano i brandi, gridano Giuliano loro duce e volgono le spalle alla villa movendo ver dove credevano tornasse opportuna la loro presenza.

Coll'andar del tempo la villa devastata diroccò; i pescatori che solcavano quelle acque ripassando a vista del silenzioso palazzaccio facevano il segno della croce e additavanlo ai fanciulli come un luogo maladetto. Da padre in figlio ebbero credenza l'antico signore nel cuor della notte sorgesse da sotterra trasformato in vampiro e girovagasse stridendo per la costa e per le foreste circostanti a succhiare il sangue dei fedeli.

Graziana, riavutasi mercé le cure di Lucrezia, venne accompagnata a Roma da Godelberto. Trovò il padre e la madre impietriti nel dolore, ed ella si sforzò di parer calma per alleviare la loro angoscia: però da quel dì non fu più la gaia fanciulla – vittima di tale una infermità di cuore che il nostro secolo positivo deride soventi, forse perché sfugge al coltello dell'anatomico, e non trova un nome nei manuali della scienza, – impetrava la pace del chiostro.

Niuna lusinga poté distoglierla dal suo proponimento: pronunciò i voti solenni e fu monaca in un convento della stessa Roma; per pochi mesi. Avvizzita dal crepacuore, martoriata da lento male, morì fra le braccia della madre. Le spoglie di lei, causa d'ogni sua traversia mentre aveva vissuto, perché bella di una bellezza che poche volte alla femmina è concessa, vennero sepolte nell'atrio della chiesuola, e le divote religiose, le quali tanto l'avevano avuta cara vivente, mantennero per molti anni la pia abitudine di portarsi ogni sera nell'ora dei morti a pregare per quell'anima santa e spargerne di fiori la tomba.

Una inesausta passione potrà dunque inaridire l'esistenza di una donna? Le storie lagrimose di tanti amori ce lo raccontano, ed in leggendole i nostri petti si commossero giovanilmente; ma furono elleno finzioni dei poeti i quali si piacquero nel rivestirle di pietose tinte, o vero le loro menti si abbandonarono ad un sogno insensato? In sull'aurora della vita vi si crede coll'anima, perocché della femmina se ne forma una creatura ideale; ma in appresso svanisce il prestigio, e quando si ripensa, somiglia pur troppo ad una amara menzogna.

Alla irreparabile perdita Placidia fu per morirne: Teobaldo anch'esso soffocava a stenti il pianto mentre sanguinavagli il cuore. L'orizzonte era sempre così annuvolato da non potersi presagire come dovesse finire quel dramma sciauratissimo. Teobaldo e Placidia, sconsolati genitori! non trovarono luogo più acconcio dell'ermo castello per raccogliersi nell'avvilimento di loro lutto.

Un bel dì un viandante bussò replicatamente alla porta del castello: fu condotto alla presenza di Teobaldo.

– Eccovi un peccatore che implora il perdono, –parlò il viandante appena fu solo con esso lui.

– Chi se' tu che a me chiedi perdono?

– Io sono Genserico…

Teobaldo arretrò di qualche passo inorridito nell'intendere quel nome di esecrata memoria.

– Tu se' quel mostro? – e gli andava incontro coi pugni serrati.

– Deh fermate: non vedete? Il digiuno ed il cilicio hanno macerato la mia carne; io ho patito assai, e Iddio vel dica per me.

Infatti Genserico non sarebbe stato riconoscibile tanto era macilento ed invecchiato, e Teobaldo ne restò sì compreso che fu intenerito dal cuore.

– E non vuoi altro da me, o disgraziato?

– Teobaldo, – ripigliò con voce fioca, – io debbo svelarti un mistero. Ah se l'anima tua è innocente ti farò rizzare i crini nel dirti le nefandità che sanno maturare gli scellerati.

– Via, parla, Iddio è buono e misericordioso.

– Senti, tu sei il solo che avessi qualche interesse con Silvio l'Amalfitano, il giovine amato da tua figlia; io debbo dirti chi egli fosse.

– Di'...

– M'ascolta: io era, come sai, per una fatale concatenazione di accidenti ai soldi di Quinto Gordiano. Il Senatore aveva una volta a' suoi capricci una gentildonna di bellezza senza pari, sedotta con sommo artifizio, e rapita al padre ed alla madre, dei quali il primo n'era morto di onta, l'altra impazzita. Una notte, dico, mi sento svegliare da una voce gridante *Genserico, Genserico*. Apro gli occhi e mi vedo accanto il mio signore; mi levo e gli chieggo che voglia da me: – La Elpide ha dato alla luce un maschio, rispose; sbrigati, poltronaccio, che ho bisogno di te.

Devi sapere che il giorno prima aveva avuto anch'io un figlio; l'amor di padre mi acciecò talmente che pensai ad un iniquo stratagemma. Il neonato in quella notte era stato affidato alle cure di mia moglie; senza che uom s'avvedesse, presi il mio bambinello e lo deposi nella culla ove vagiva quel di Gordiano; vi levai il suo, lo afferrai pei calcagni e fui ad un pelo di sbatacchiarlo contro il pilone del vestibolo: ma il Signore Iddio non permise che commettessi sì grande peccato; ripresi il pargolo fra le braccia e lo portai alla mia moglie da custodire, intimandole di tacere se non voleva aver meco un guaio serio, e la buona donna aveva tanto paura della mia collera che non ardì lagnarsi. Dopo qualche giorno io doveva recarmi ad Amalfi per servigio del padrone, pensai tor meco il fantolino e sbarazzarmi senza ucciderlo. Così feci: e l'affidai ad un pescatore di quel golfo, ove per una serie di strane avventure allevato da una vedova riccona, che, orba di figli, anelava procacciarsene uno, e cresciuto un prò giovinotto, veniva da lei adottato e in sua morte nominato erede di vistosa fortuna.

Quel giovinotto fattosi temuto, ma più ancora infelice, era Silvio. Silvio che io per verità tenni d'occhio e tradii più d'una volta, al segno che credetti averlo morto; e ciò per sete di vendetta, capisci, per sete di vendetta. Volevo prendermi la rinvincita su quel giovine generoso delle mattezze di Gordiano, le quali avevan fatto morire il figliuol mio ch'ei credeva suo...

– Va, ed espia i tuoi delitti, o maledetto, gli gridò Teobaldo preso da raccapriccio. Va, né più mai comparirmi in presenza.

Genserico partì ululando dal castello, né mai più potò aver pace sulla faccia della terra.

E la vecchia Lucrezia? – La vecchia Lucrezia era tornata all'antica abitudine. Un giorno fu trovata prostesa ai piè di quella croce di legno innanzi alla quale pregava ogni mattina. I servi di Teobaldo che a caso passavano di là, domandarono per nome, né sentendo rispondere, le si appressarono, la scossero. Invano, ell'era morta. Si fece un gran ciaramellare nel vicinato e principalmente in casa il conte Teobaldo sul fatto della tapinella, senza per questo venir al chiaro del segreto che stava sotto: ma la voce andò tra quella gente grossa, costei fosse una delle vittime di Quinto Gordiano. – Il mandriano che mi contava la storia tacque su questo particolare; nientemeno noi aggiungeremo che, calcolate tutte le circostanze, Lucrezia la dovrebbe essere stata madre di quella Elpide dalla quale era nato il protagonista del racconto.

Qui finisce la leggenda. Se tu, o lettor mio, che l'animo hai bello e gentile, qualche volta aggirandoti per la ignava campagna di Roma e silente, mentre la malinconia del sito e le solitarie ruine ti consigliano a meditare, ritornerai alla memoria i casi che ho tentato di esporre, avrò ottenuto troppo largo compenso alla povera mia fatica.

FINE

INDICE

Fairy Tales

flower-ed

Nella radice, per la quale ha vita il fiore

Casa editrice flower-ed
www.flower-ed.it